LE COURAGE DES INNOCENTS

VÉRONIQUE OLMI

LE COURAGE DES INNOCENTS

roman

ALBIN MICHEL

IL A ÉTÉ TIRÉ DE CET OUVRAGE

Quinze exemplaires
sur vélin bouffant des papeteries Salzer
dont cinq exemplaires numérotés de 1 *à* 5
et dix exemplaires, hors commerce, numérotés de I *à* X

Ce livre est une fiction. Tous les évènements relatés y sont réels, mais leur chronologie a été parfois ramassée dans un temps plus bref que dans la réalité.

À mon frère

« Elle scrutait la verdure massive, levait la tête et jetait par les airs son appel : “Les enfants ! Où sont les enfants ?” Où ? nulle part. L’appel traversait le jardin, heurtait le grand mur de la remise à foin, et revenait, en écho très faible et comme épuisé. »

Colette, *La Maison de Claudine*

I

Il ne sait pas ce qu'il a dans le cœur. L'amour ou la rage. Rien n'existe du paysage qu'il traverse, droit, à fond vers son but, mais pas aussi vite qu'il le voudrait, même si sa vieille Jeep donne tout ce qu'elle a et que son pied ne décolle pas de la pédale de l'accélérateur qui vibre sans démériter. Derrière le pare-brise le soleil éclate comme du verre cassé, la route n'est qu'une esquisse, un chemin ancien un peu oublié, mais il sait que c'est elle qu'il doit suivre, c'est la piste qui le mène à cette ville qu'il ne connaît pas mais qui est son urgence et son obsession. Ses yeux sont douloureux, fatigués par l'intensité de la chaleur mais aussi par la morosité du paysage, cette route dont il ne dévie pas depuis des heures, une monotonie lumineuse. Son tee-shirt colle à son dos, son corps est traversé de courants brûlants qui tapent sans relâche sur chaque parcelle dénudée de sa peau et parfois quelques moucherons s'égarent ou s'écrasent sur lui, comme ils s'écrasent sur le pare-brise. Son visage est humide et salé, ses lèvres bordées d'une poussière qu'il repousse parfois d'un coup de langue, ce qui n'arrange pas les choses, et il a au fond de la gorge ce goût neutre et aride de la terre. Ses cheveux flottent dans le vent, emmêlés, trop longs, mal coupés, ses doigts gonflent sous les bagues, et son bracelet enserre son poignet. Il fait plus jeune que ses vingt-trois ans. On lui en donnerait vingt à peine, et on pourrait s'étonner qu'il soit capable d'une telle obstination et d'une telle endurance, lui qui ressemble à un adolescent, fin comme une fille, et d'une beauté irréelle, encombrante. Sa beauté, il s'en fout. Le corps doit tenir en toutes circonstances, c'est tout. Le sien est tendu, sur le qui-vive de jour comme de nuit. La vieille Jeep, rachetée à Simon pour trois fois rien, râle furieusement comme si elle livrait un combat contre le chemin pierreux, et on pourrait croire, à le voir fixer la route ainsi, droit devant, avec acharnement et colère, et amour peut-être, qu'il cherche à atteindre une falaise de laquelle il pourrait se jeter. Mais il ne veut pas mourir. Il est envahi par la vie, par son but secret. Jimmy. Son frère. Son demi-frère. Né après lui d'une mère commune, un même sein pour deux fils. Il mord ses lèvres jusqu'au sang, le goût de la vie et de la lutte. Et du remords aussi. Jimmy est dans cette ville inconnue, de l'autre côté du pays, vers l'océan. Il va le retrouver, et Cette fois, il se dit… Cette fois il ne le lâchera pas. Il ne l'a pas vu depuis trois ans, trois ans, vertigineux, qui sont passés si vite, une vie éclatée, comme un fruit nouveau.

Il doit s'arrêter un moment, se reposer et reposer la vieille voiture dont le bruit résonne encore dans son crâne, un écho de ce boucan sur les pierres. Il essuie son visage mouillé contre son bras levé, et l'odeur de ses aisselles le rassure, l'odeur familière de sa peau. Il sort de la Jeep, tout est maintenant bordé de silence, un paysage immense qui ne s'arrête pas. Très peu d'arbres, au tronc noueux, aux racines profondes qui boursouflent la terre. Leur couleur est écrasée par la lumière, c'est un vert passé, ici tout signe de vie est signe de résistance, il y a une volonté puissante dans ces arbres, ces pierres, cette colline aux buissons tordus, quelque chose d'irrémédiable et d'absolu. Il a eu tort de rouler si vite, sans rien regarder, comme s'il était un maître sur ses terres. Il n'a eu aucun égard pour cette beauté âpre, qui ne se donne qu'à celui qui se penche pour l'accueillir. Il faut qu'il se calme. Qu'il fasse confiance. À ses amis qui le soutiennent. À son frère. Et à lui-même.

Il vit de petits boulots, il est fiché par la police, comme ses amis. Leurs rébellions sont interdites, leurs révoltes jugées subversives, leurs consciences dangereuses. Cela a commencé par la grande manifestation en opposition au projet d'enfouissement des déchets nucléaires sur des terres agricoles, la première à laquelle il avait participé, il avait dix-huit ans. Il se souvient du nombre hallucinant de policiers, de gendarmes et de CRS, de l'hélico survolant la manifestation pour la filmer, des équipes d'enquête dépêchées sur place, car on ne parlait pas de manifestants alors, mais d'« association de malfaiteurs », et plus tard des perquisitions avaient eu lieu chez certains d'entre eux, il y avait eu des écoutes, des balisages de voitures, une longue traque qui n'avait rien donné. C'est là qu'il avait rencontré ceux qui deviendraient ses plus proches amis, Mehdi, Simon et Lili, tous trois traités comme des voyous, ce qui avait décuplé leur révolte et renforcé leur fierté : ils participaient au monde. Très vite ils avaient rejoint ceux qui défendaient des terres agricoles contre l'extension d'un camp militaire, la lutte avait duré plus d'un an, mais ils avaient gagné, et l'armée avait fait demi-tour. Depuis, les combats continuaient, toujours entravés, toujours recommencés. Ils étaient révoltés, entêtés et jeunes. On leur en voulait d'être l'avenir. De menacer l'agencement d'un système rentable. Hier, alors qu'il préparait avec Lili leur départ pour occuper le chantier d'une future autoroute, il a appris que son frère n'était plus chez son père, qu'il lui avait été retiré. La nouvelle l'a frappé comme une balle, une déflagration physique. Maintenant, il traverse la France. Il va le chercher, dans la petite ville de l'autre côté du pays.

Après avoir dormi dans sa voiture sur le bord de la route, toit ouvert, face aux étoiles, comme il aime le faire, il reprend son chemin. Il s'arrête au premier village et va s'asseoir à l'ombre, sur une marche de l'escalier de la mairie. La nuit l'a apaisé, il se sent plus confiant, il est certain qu'il pourra retrouver Jimmy, et lui faire une place dans sa vie. Les odeurs du marché lui disent qu'il est bien arrivé dans ce Sud pris entre la mer et les forêts, quelque chose d'épicé et d'ancien pèse dans l'air et cogne par à-coups, quand le vent se lève. C'est l'heure des achats, l'argent va de mains en mains, ceux qui dépensent, et ceux qui comme lui attendent sur la pierre ou à l'angle des rues, couchés sur un banc ou à l'affût, adossés au mur blanc d'une pharmacie, traînant aux abords de leur bar favori, ici ou là, des filles et des garçons si jeunes, le corps épuisé. Il les connaît, ce sont ceux qui font les poubelles des arrière-cours et des parkings, toutes les fermetures, restaurants, supermarchés ou marchés, quand c'est fini ils se pointent, quand ça n'intéresse plus personne c'est leur tour. Et lui aussi attend. Avant de continuer à rouler il doit manger, boire un café, faire de son corps un allié. L'argent qu'il a sur lui il doit le dépenser avec prudence, il en aura besoin pour son frère, plus que pour lui. Il repère les meilleurs étals, ceux vers lesquels les chiens iront en premier, pour l'abondance de leurs poubelles. Lui ira vers ce couple de maraîchers très jeunes, ils n'ont pas grand-chose à vendre mais c'est comme s'il les connaissait un peu, lui avec ses dreadlocks et elle, son bébé porté en écharpe, une vie engagée, pleine de bonne volonté, et modeste. Ils seront sûrement généreux.

Il s'accoude à la pierre chaude, visage renversé, la brise gonfle son tee-shirt, le ciel est d'un bleu immense sans bouleversements, est-ce que Jimmy voit le même ciel, est-ce qu'il le regarde comme il le lui a appris ? Regarde le ciel chaque matin, Jimmy, et essaye de comprendre de quelle humeur il est, et toi, dans quelle humeur tu es, essaye de le comprendre aussi. Mais c'était difficile pour le petit de dire, en dehors de la joie ou du plaisir, ce qu'il ressentait, surtout quand cela était proche de la détresse ou de la peur. C'était un sentiment innommable qui le faisait se tortiller, mordre la peau de ses ongles, et il n'avait que ces mots-là, Je suis énervé, ou bien, Il m'énerve, quand il parlait de son père.

– Ben ? Tu es Ben ?

Entre le ciel et lui il y a soudain le visage de cette fille enthousiaste et jolie, il se redresse, et il a un peu honte d'être si sale, mais elle s'assied à ses côtés, sur les marches de l'escalier :

– Je n'en reviens pas ! C'est fou de te rencontrer ici, ce matin ! Je m'appelle Anna, on s'est croisés chez des amis, tu ne te souviens pas ?

Il tente de se souvenir. Qui étaient ces amis ? Et où était-ce ? Lors d'une soirée ? D'une manif ? D'une occupation ? Mais cette fille n'a rien de bohème, et il voit qu'elle vient du côté confortable de la vie, elle est franche comme le sont ceux qui sont protégés de toutes parts. Il ne se souvient pas d'elle.

– Tes amis sont avec toi ? Vous prévoyez une action ?

– Non, je suis seul, et je vais bientôt repartir. J'avais simplement besoin de faire une pause.

– Tu peux venir chez moi, si tu veux, pour la pause, j'habite à côté. Tu pourras te laver, boire un café…

– J'ai roulé sans m'arrêter… J'ai l'air sale ? Tu me trouves sale ?

– Non, ce n'est pas ce que je voulais dire, excuse-moi, je suis trop directe…

– C'est bien, ça fait gagner du temps, et je suis plutôt pressé.

Il se lève et descend les marches de l'escalier de la mairie. Elle le regarde partir, stupéfaite par la soudaineté de la chose, mais il se retourne et lui sourit, elle hésite un peu, et puis décide de le suivre. Il va dans les ruelles du village, à la rencontre de ceux qui comme lui attendent la fin du marché pour trouver à manger, attendent que quelque chose se passe, attendent que quelqu'un se présente à eux simplement, comme il le fait, et leur demande comment ils s'appellent. Il parle avec eux, heureux comme s'il venait de retrouver des copains. À Anna qui le suit à une distance prudente, il demande, On y va ? Et il est si sûr de lui, et si sûr qu'elle sera d'accord pour les accueillir tous, qu'elle répond, Je te suis, même si c'est elle qui lui indique le chemin. Elle ne joue pas les filles à l'aise, car elle ne l'est pas. Elle n'est ni avec eux, ni avec ceux qui s'écartent sur leur passage parce qu'ils puent, parce qu'ils sont moches, parce qu'ils sont dangereux, parce que leurs chiens sont malades, parce qu'ils partagent avec eux les virus les plus contagieux, parce qu'ils sont ce que chacun appréhende, l'incarnation du cauchemar commun.

Ils sont habitués aux hangars, aux places venteuses, aux friches abandonnées, aux préfabriqués, c'est là qu'habituellement on les accueille, dans tout ce qui est vieux et délabré, neuf mais déjà fichu, des chantiers abandonnés, des lieux coincés entre l'autoroute et la voie ferrée, au sous-sol de tours HLM, dans l'annexe d'églises désertes. Ils sont les derniers visiteurs de lieux sans futur. Chez Anna au contraire, tout est fait pour la quiétude et le repos, dans son jardin, entre jeux d'ombre et de lumière, tout s'apaise. Les hauts murs, les palmiers, le tilleul et les fleurs sont les gardiens d'une douceur qui palpite en sourdine, c'est la discrétion du luxe, le charme sans justification de la richesse. Ceux qui accompagnent Ben, et malgré l'invitation d'Anna à s'asseoir, restent debout. Elle insiste, désigne les transats, les fauteuils en osier, elle ne leur propose pas de rentrer dans la maison, ses parents ne l'accepteraient pas, elle le sait. Elle leur propose de l'eau, des jus de fruits (elle dit, Des orangeades), du thé (elle demande, Vert ou fumé ?), des expressos, et elle aimerait être plus à l'aise, plus au diapason. Ben lui dit que l'eau suffira. Avec le vin. Il est sûr qu'elle en a du très bon. Elle a un petit mouvement de recul, il insiste, et elle se souvient que lors de cette soirée où elle l'avait rencontré elle avait remarqué ça, déjà, cette assurance presque désinvolte, cette absence de conventions. Elle, a été élevée en fille unique par des parents tendres et conventionnels, qui connaissent la valeur de chaque chose et respectent l'ordre, par tradition et par confort. Elle aime sortir de ce milieu si doux et si ancien, pour en découvrir d'autres, elle va à eux sans a priori, parce que tout lui a toujours été si simple, et possible. Ces inconnus si peu recommandables que Ben a invités dans son jardin, elle les observe comme elle observerait un paysage nouveau. Ben propose à une fille de s'asseoir sur un fauteuil, elle est enceinte et son ventre gonfle sa tunique. Et puis il s'assied à ses côtés et suivant son exemple les autres finissent par s'asseoir, certains déplacent les transats pour former un groupe, leurs chiens gémissent de bien-être en s'allongeant à leurs pieds, ils ont bu aux fontaines du patio et leurs gueules débordent de salive. Anna descend à la cave et choisit parmi les meilleures bouteilles, le vin qu'elle aurait servi à Ben si elle avait été seule avec lui.

Elle a déjà deux enfants, et celui-ci on le placera sûrement, comme les autres, elle le sait. Elle s'appelle Chloé, et elle dit qu'elle voudrait être enceinte toujours, rester comme ça avec le bébé, même si elle sait qu'il n'est pas bien avec elle, elle n'est pas toujours clean, elle dort dans le bois, sous la tente, et elle sait qu'il manque déjà de tout… Ben l'arrête :

– Il est bien.

– Bien ?

– Oui, il est bien avec toi.

– J'ai peur qu'il m'oublie.

– Mais non, ça n'arrivera pas, pourquoi est-ce que tu dis ça, il ne t'oubliera jamais, c'est impossible.

– Il nous reste deux mois ensemble. J'accouche à la fin de l'automne.

Elle dit ça avec une grande lassitude, presque une paresse de parler, elle est épuisée, elle a l'impression de courir toujours, de fuir ou d'être sur le point de fuir, de déjouer les pièges, de cavaler même quand elle dort. Ben voit qu'elle hésite. Elle a envie de faire quelque chose et elle n'ose pas. Il touche sa main, une pression brève, pour l'encourager, puis il se tourne vers les autres et ensemble ils parlent : la politique antimendicité de la ville, l'interdiction de rester ensemble, de rester assis, de rester couché, de rester debout. L'interdiction d'être. Il est le seul à entendre Chloé fredonner à voix basse une chanson pour l'enfant qui, peut-être, qui sait, se souviendra d'elle, de son amour des romans à l'eau de rose, des bougies allumées sur les murets dans la campagne, des films pleins de musiques, du chocolat et des parties de poker. Et sa façon de danser, de siffler avec les doigts, d'aimer les blagues nulles, et ce qui la fait tressaillir aussi, il s'en souviendra. Et ce qui la fait courir trop vite, se planquer, pleurer par petits cris, se pisser dessus, ses peurs de la nuit, des inconnus bourrés, des copains en manque, des flics, des tunnels, des chiens, des sirènes, des orages, il le sait et il prend, et son courage aussi, son courage par-dessus tout, il s'en charge, il s'en délecte, il flotte dedans, une danse de poisson malin. Il aime cette berceuse qui lui vient de sa mère, et de la mère de sa mère dont on plaçait aussi les petits sitôt venus au monde, ce monde sans halte et sans refuge, dans lequel au lieu de grandir on vieillit, au lieu d'apprendre on se méfie, au lieu de se nourrir on se carence, un monde sans lendemain.

Un monde sans eux, les enfants.

Ben prend du retard pour arriver jusqu'à Jimmy, mais il n'a jamais su aller d'un point à un autre sans improviser des détours, et avec ces gens il est bien, il les écoute parler, blaguer, ou se taire, et tout a la même importance, car tout, du plus banal au plus personnel, ne les ramène qu'à une seule et même question : est-ce que je fais partie de la communauté des hommes ? Quand à la fin de l'après-midi ils se lèvent pour partir, il échange avec chacun une longue accolade et puis ils sifflent leurs chiens, quittent le jardin paisible, et marchent dans la rue comme si elle leur appartenait.

Sans eux le jardin paraît soudain trop calme, et le silence entre Ben et Anna, moins naturel. Elle n'ose rien ranger encore, de peur qu'il n'y voie un signal de départ, mais il s'assied sur le banc de pierre sous le tilleul, elle hésite un peu avant de le rejoindre.

– Avant de partir je dois téléphoner à Mehdi, un copain.

– Oh pardon, je te laisse.

Il éclate de rire.

– Non, au contraire ! J'aurais besoin que tu me prêtes ton téléphone.

– Oh… Tu as perdu ton portable ? Je peux t'en prêter un si tu veux.

– Non, non, je n'ai pas de portable, je n'en veux pas. À cause des flics. Mais j'ai toujours mes papiers sur moi, même mon passeport, tout, on ne sait jamais.

Elle sourit devant cette petite parano et lui tend son téléphone, il ne s'éloigne pas et compose un numéro qu'il connaît par cœur :

– Et mince, il est encore sur messagerie… Mehdi, c'est moi, c'est Ben, j'ai pas mal roulé, écoute, je veux comprendre ce qui est arrivé à Jimmy, je veux tous les détails, tu n'imagines pas tout ce qui me passe par la tête depuis hier, et puis surtout j'ai besoin de savoir à quelle école il va maintenant, à quelle heure il en sort, c'est là que je compte le retrouver, à son école. Appelle ton contact, Philippe, c'est ça ? Tanne-le, dis-lui que c'est le plus urgent. Je reprends la route maintenant, si tu as des nouvelles avant de partir en cours demain, tu appelles Anna, elle fera le relais, son numéro s'inscrit sûrement sur ton téléphone, enregistre-le surtout. Je t'embrasse, frère...

Il rend son portable à Anna.

– Ça ne te dérange pas si Mehdi te contacte ?

– Ça ne me dérange pas... Mais ça fait un intermédiaire de plus, non ? Je veux dire...

– Oui, je vois ce que tu veux dire, je pourrais l'appeler directement, mais il enseigne en banlieue, alors il est soit en cours soit dans le RER et il est vraiment difficile à joindre... S'il t'appelle toi quand il est dispo, c'est plus simple...

Elle laisse passer ce petit moment de gêne, elle le savoure même... Ça la flatte qu'il l'ait impliquée, qu'il lui fasse confiance.

– Qui est Jimmy ?

– Mon frère.

– Oh... Et tu vas le chercher dans son école ? C'est ça ?

– Je vais le chercher où qu'il soit. Il vivait seul avec son père, mais on lui a retiré la garde il y a plusieurs mois, et je viens seulement de l'apprendre. Comme je viens d'apprendre qu'il a été placé en famille d'accueil...

Il la regarde, coupable, un peu inquiet, ses yeux sont

d'un bleu très pâle dans la lumière, et elle se demande comment ce bleu varie avec le jour.

– Si tu vivais loin de lui, c'était difficile de savoir ce qui lui arrivait, non ?

– Non, j'aurais pu le savoir, mais j'ai été tellement crédule. Tellement con, en fait… Ça fait des mois que mon beau-père me ment, il avait toujours des alibis pour ne pas me le passer au téléphone. Un coup le petit était chez un copain, un coup il jouait au foot en bas… J'aurais dû me méfier.

– Et tu vas faire quoi ? Une fois que tu l'auras retrouvé ? Parce que tu vas le retrouver, c'est sûr.

– Oui, c'est sûr ! Je vais le sortir de là, tu peux me croire.

– Je te crois.

Il frappe ses cuisses très vite, du plat de la main, un petit mouvement rapide et heureux. C'est comme s'il était déjà avec son frère, et il sourit en pensant à lui.

– Tu sais, Jimmy est né treize ans après moi, alors, ce n'est pas seulement un frère, hein, pour moi c'est… c'est presque un fils, tu comprends ? Mon fils-frère… C'est comme ça que je l'appelais : « mon fils-frère ». Son père, Fred, n'est pas le mien… Si seulement il m'avait parlé, s'il m'avait dit qu'il n'y arrivait pas, tout seul avec le môme… Mais dans ma famille, depuis toujours, on se tait.

– Toutes les familles se taisent, non ? C'est la seule façon que ça tienne.

– Peut-être…

Il hésite, surpris par son envie de lui confier des choses

dont il ne parle jamais, ces évènements lointains qui n'intéressent que lui.

– Ma mère avait à peine seize ans quand elle a été enceinte de moi…

– Seize ans ?… Et elle… elle a été… ?

– Elle a été quoi ?

Son ton est si sévère qu'Anna ne répond pas, et Ben se lève brusquement.

– Je sais à quoi tu penses, mais non, ma mère n'a pas été victime d'un homme, je suis né d'une histoire d'amour. C'est beau ici… Ça doit être agréable de rentrer ici, de retrouver ce jardin…

– Oui, ça l'est. Je passe mon temps à le photographier, sous tous les angles par tous les temps, peut-être que je vais passer ma vie à ça : photographier mon petit jardin !

Le rire de Ben la soulage, elle s'en veut de l'avoir heurté. Il marche un peu sur la pelouse si bien entretenue, les mains dans les poches, préoccupé. Puis il revient vers elle.

– Ma mère me l'a toujours dit : c'était une histoire d'amour. Après… Des ragots rapportés par les autres, il y en a toujours, hein… Des choses qu'on entend… qui salissent tout.

– Bien sûr. Et elle t'a élevé seule ?

– Non. Pour sa famille, cette grossesse était un scandale, alors ils l'ont mariée à l'associé de mon grand-père, un homme tellement plus âgé qu'elle… Je me souviens très peu de lui, il est mort quand j'avais six ans, moi j'ai l'impression de n'avoir vécu qu'avec elle… enfin… jusqu'à ce qu'elle rencontre Fred et qu'il l'épouse. Mais jusqu'à l'adolescence, ma vie, c'était elle.

– Tu en parles au passé…

– Elle est morte il y a trois ans.

– Oh, je suis désolée…

Il la regarde et il voit que c'est vrai, elle est désolée, comme peu de gens le sont quand on leur dit ce genre de choses, et maintenant il aimerait qu'elle lui raconte, elle, sa vie, qui ne se résume sûrement pas au joli jardin et à la jolie maison. Mais il est tard et il doit reprendre la route.

– Je t'appelle demain. Mehdi t'aura sûrement donné des nouvelles.

– Tu m'appelles quand tu veux.

Elle le raccompagne jusqu'à la petite porte en bois qui donne sur la rue.

– Sois prudent.

– Toi aussi.

Ils sourient de cette recommandation un peu inutile, mais si gentille qu'Anna en est émue. Il regarde par-dessus son visage, quelque chose derrière elle, il ne sait quoi, et elle attend, elle ne sait quoi. Puis il ouvre la porte, et avant de sortir, il la prend contre lui. Alors elle reçoit sa chaleur, l'odeur de cette chaleur, sa force vibrante, comme un courant violent. Il suffit de quelques secondes.

Le ciel est orange, la nuit descend lentement dans cet incendie. Ben ne roule pas vite, et il y a de la douceur à conduire seul dans ce jour qui décline. Parler à Anna l'a ému plus qu'il ne l'aurait cru, raconter un peu de son histoire, de celle de sa mère, Léa… Il se souvient comme la vie était devenue compliquée quand elle avait rencontré Fred… Comment, à trente ans, avait-elle pu tomber amoureuse de ce guitariste de rock, cet homme pour qui sans l'ivresse la vie était trop petite, comme si rien ni personne n'était jamais à la hauteur ? Fred s'ennuyait avec eux, sans l'alcool il s'ennuyait. Il ne buvait jamais avant un concert… mais après… Ben chasse ces souvenirs, il ne doit penser qu'à Jimmy, à ce qu'il va pouvoir faire pour lui, et se concentrer sur la route.

La brume s'installe, se disperse quand il traverse des forêts, revient avec les plaines qui n'ont rien à dire. Il n'y a plus beaucoup de voitures, seulement des camions, lumineux comme des guinguettes, invincibles. Ben se sent comme une boule de flipper, il pourrait rebondir de camion en camion s'il relâchait une seconde sa concentration. Mais malgré lui les souvenirs reviennent, et avec eux la culpabilité. Après la mort de Léa, jamais il n'aurait dû laisser Fred partir avec Jimmy, jamais il n'aurait dû croire qu'en abandonnant les concerts il abandonnerait l'alcool. Partir seul avec son fils et ouvrir un restaurant à l'autre bout du pays, comment a-t-il pu le laisser faire ça ? Subitement elle surgit. Noire dans la nuit brumeuse. Il sursaute comme s'il la recevait directement sur la Jeep et il manque de heurter la barrière de sécurité. À ses lumières lointaines, à son odeur froide et amère, à la façon lancinante qu'elle a de respirer, il la reconnaît. C'est la mer.

Il n'avait pas prévu cela, mais il va dormir ici, il s'est allongé près du mur de la digue et rien ne le distingue de ceux pour qui ce refuge est quotidien. Dans sa main, il a une poignée de sable, doux et glacé, il est bien, et pour une fois la nuit lui semble moins dangereuse que le jour. Au fil des heures la mer s'éloigne un peu, et comme si elle s'unissait à ce mouvement, la main de Ben s'ouvre et le sable lentement s'en écoule. Il rêve. Sa mère, Léa, est là, tout près, il est surpris de reconnaître sa voix, la façon exacte dont elle parlait, ses intonations, son accent, tout est vrai, et même sa robe blanche, il la reconnaît, c'est étonnant cette précision. Elle est inquiète, il ne saisit pas les mots mais il le perçoit dans sa voix, et il lui dit, Ne t'inquiète pas tout va bien se passer, Ne t'inquiète pas, maman, je vais le retrouver. Il espère qu'elle le croit. Elle disparaît, loin du rêve.

Les goélands sont les premiers à revenir. Ils marchent sur le sable mouillé, entre les algues fines, les crabes morts et les déchets, ils fouillent un peu, s'envolent, et reviennent. Ben se réveille doucement, son visage et ses cheveux sont parsemés de sable, et ses mains sont poissées, son corps engourdi, il est bien. Il entend la musique du vent qui revient, les cris dispersés des goélands, rien d'autre. La mer est muette. Le ciel est d'une lumière prudente, et les oiseaux sont les seuls à savoir que le jour se lève, que cela recommence. Ben voudrait rester encore un peu dans cette nuit où il a entendu la voix de Léa.

Il se lève d'un bond. Fait face à un homme dont il ne voit pas bien le visage, son regard est encore brouillé de sommeil, mais ce type fouillait dans son sac à dos posé un peu plus loin, et il a dans les mains les clefs de sa voiture et son portefeuille avec son argent et tous ses papiers.

– Tu veux quoi ?

L'autre ne répond pas, la question est tellement naïve, il veut ce qu'il a dans les mains, exactement.

– Rends-moi mes affaires. Allez ! Rends-moi mes affaires, je te dis !

Le gars fourre le tout dans sa poche, crache aux pieds de Ben, et s'en va en claudiquant. Ben le rattrape par la manche.

– Hé mon pote, tu te crois où, là ?

D'un mouvement vigoureux l'homme se dégage, Ben reçoit sa main en pleine figure, un coup sur le nez, la douleur, fulgurante, le rend furieux, il trébuche sur le sable, le type s'éloigne à pas lents, comme s'il n'y avait rien à craindre de Ben ni de personne. Ben le rejoint vite, lui fait face, bras écartés, comme s'il arrêtait un cheval, mais ce n'est qu'un bonhomme qui boite, la trogne épaisse, le regard amusé. Ben lui ordonne :

– Rends-moi mes clefs. Et mon portefeuille aussi.

– T'es pas d'ici, toi !

– Allez ! Rends-moi mes affaires !

– T'es d'où toi ?

– Dépêche-toi !

– C'est à moi maintenant, mec, c'est à moi !

Ben lui parle plus doucement :

– Où est-ce qu'on peut boire un café ? Je te paye un café si tu veux. D'accord ? Tu es d'accord ?

Le gars se marre :

– T'as plus un rond !

– Tu as dormi sur la plage ?

– Hé, mec ! J'suis pas un SDF, moi !

– Moi non plus je suis pas un SDF mais j'ai dormi sur la plage. Il faisait pas froid, hein ?

– Nan. C'tait cool.

Et soudain son regard se fige. Il a vu quelque chose derrière Ben, qui l'effraye. Il balance instantanément ce qu'il lui a volé, fait demi-tour et repart en claudiquant, on dirait un bloc prêt à s'effondrer. Ben se retourne, une voiture de police passe en silence et disparaît. Son cœur s'emballe, il retrouve cette appréhension familière, immédiate, cette peur qui est aussi le prix d'une liberté à laquelle il ne renoncera jamais.

Ben demande à utiliser le téléphone du bar. Il appelle Anna. Il est à peine plus de six heures, mais il n'est pas le seul client dans ce bar, près de la conserverie et de l'entrepôt du port. Les voix résonnent dans le bruit des chaises raclant le sol et celui, exubérant, de la machine à café. Du dehors parviennent le vacarme des camions qui manœuvrent, et les bips des chariots élévateurs. Un chaos organisé, la routine.

Anna décroche immédiatement.

– C'est moi, dit Ben.

– J'attendais ton appel. Tu es arrivé ? Tu es où ?

– À une centaine de kilomètres.

– Mehdi m'a appelée.

– Il a eu des nouvelles ?

– Oui. Il a parlé avec celui qui le renseigne, qui est assistant social dans le secteur, je crois ?

– Philippe.

– Oui, c'est ça.

– Qu'est-ce qu'il a dit ?

– Il sait pourquoi Jimmy a été placé. Il y a eu un premier signalement, des clients du restaurant de ton beau-père ont entendu une scène, un soir très tard… Fred et Jimmy vivaient au-dessus du restaurant, tu le savais ?

– Oui, je le savais, continue s'il te plaît.

– Bon, apparemment ce soir-là ton beau-père avait bu, mais rassure-toi, il n'y a pas eu de violence… je veux dire pas de violence physique, il y avait du grabuge, quoi, les flics sont venus, et puis apparemment tout est rentré dans l'ordre. Plus tard il y a eu un autre signalement, par l'instituteur de Jimmy, parce qu'il venait à l'école un jour sur deux et qu'il s'endormait en classe. Tu m'entends ?

– Oui, oui, je t'écoute.

– Il y a eu une enquête administrative… C'est comme ça qu'on dit je crois, c'est ce que j'ai noté… Ensuite il y a eu un signalement judiciaire, et la juge a ordonné le placement. Depuis ton beau-père a vendu le restaurant et déménagé. Il vit dans un village pas très loin, si j'ai bien compris.

– On est sûr qu'il n'y a pas eu de violence physique ?

– D'après Philippe, il n'y en aurait pas eu…

– Est-ce que Mehdi a eu l'adresse de la famille d'accueil ?

– Il m'a donné celle de l'école…

Elle se tait. Il la connaît à peine mais il sent que quelque chose ne va pas.

– Est-ce que Jimmy va bien ?

– Oui. C'est simplement que…

– Oui ?

– Ton frère n'est plus en famille d'accueil.

– Je ne comprends pas.

– Il a été retiré à cette famille…
– Mais pourquoi ?
– Je ne sais pas. Mehdi ne l'a pas dit.
– Mais il est où maintenant ?
– Dans un foyer.
– Un foyer de l'ASE ?
– Oui. Pas loin. Dans le même département.
– Mais pourquoi est-ce qu'on l'a mis dans un foyer, qu'est-ce que c'est cette histoire ? Qu'est-ce qu'il s'est passé ?
– Je ne sais pas, Ben…
– Et il est comment, ce foyer ?
– Mehdi avait le nom et l'adresse, et j'ai regardé sur internet, il n'est pas très grand, une vingtaine de places, des enfants à partir de six ans… Je suis désolée, vraiment… Mais tu vas le retrouver et le sortir de là, tu vas y arriver, je le sais…

Ben note l'adresse de l'école et celle du foyer. Ensuite, ils se taisent tous deux. Mais le silence est encore un dialogue, une présence, et ils le prolongent un peu avant de se dire au revoir.

Ben est debout, face à la baie vitrée où les traces des pluies anciennes n'ont jamais été nettoyées, ni celles des fientes, ni celles des éclats d'alcool. Le soleil se lève, le paysage change à vue sous la lumière qui insiste. Il imagine son frère avec sa valise et son sac à dos, assigné à droite, assigné à gauche, ballotté comme un colis, un objet au dépôt. Il repense à son rêve, Ne t'inquiète pas tout va bien se passer, ne t'inquiète pas…

– Hé, mec ! T'as trouvé le bar !

Son voleur est là, sûrement il voudrait bien un café, maintenant. Ben prend des sous dans sa poche et les lui tend.

– Mec, on le boit ensemble, t'avais dit.

Il s'assoit avec lui, sous la télé muette qui diffuse en boucle des images de tornades, quelque part, loin ou pas, des arbres arrachés, des maisons noyées, des ponts brisés.

– Il est bon le café, ici. Mais toi t'es pas d'ici, toi ?

– Non.

– C'est pas grave. J't'en veux pas.

Ben lui sourit. Encore un taré. Il aime bien les tarés. Il n'a jamais de mal à les imaginer petits, ils ont gardé cette mine malicieuse, et cet air de se faufiler toujours, d'éviter quelque chose ou quelqu'un. Celui-ci est inoffensif, un voyou maladroit. Il n'a pas le cœur à parler avec lui, il a hâte de partir. Ce lieu n'est plus celui du rêve, de l'apparition douce de sa mère. Ce lieu annonce une réalité confuse, difficile, qu'il va affronter.

Quand on demandait à Jimmy quel métier faisait son père, il était fier de répondre, Artiste, et les copains ne voyaient pas ce que ça voulait dire. Alors une année Fred était venu à la kermesse de l'école avec sa guitare. Il était monté sur l'estrade et avait joué « Libertango » de Piazzolla, et puis il avait dit aux enfants que c'était son métier, jouer de la guitare pour accompagner sur scène un chanteur avec les autres musiciens, et il leur avait raconté les répétitions, les concerts, les tournées. Et les copains avaient admiré le fils en admirant le père. Ils demandaient à Jimmy comment c'était quand son père rentrait du travail, est-ce qu'il avait sa guitare à la main, comme leurs parents avaient leur ordinateur et leurs dossiers ? Est-ce qu'il lui jouait de la guitare pour l'endormir ? Jimmy avait dit, Oui, il m'en joue tous les soirs. Il n'avait pas dit qu'un artiste ça rentre à la maison quand tout le monde dort.

Ben a garé la Jeep sur le parking du supermarché où à cette heure-ci le fast-food fait encore le plein, près du salon de coiffure « L'hair du temps ». À la station-essence automatisée de nombreuses voitures patientent. Il s'étonne de n'entendre personne, aucune voix humaine sur ce parking où il y a pourtant du monde. Tout semble muet et parfaitement organisé. Il a roulé sans cesser de penser à son frère, cette scène violente au-dessus du restaurant de Fred, dont lui a parlé Anna, et les clients qui appellent les flics. Jimmy a eu peur… Jimmy a eu peur tout le temps… Et Ben se souvient que chaque nuit, quand il vivait encore chez eux, chaque nuit il guettait l'instant où la voiture de Fred s'arrêterait sur le parking. L'instant où. La porte d'entrée s'ouvrirait. L'instant où. Il entendrait ses pas sur le parquet. Fred était un géant de deux mètres, pour quatre-vingt-dix kilos. Ça aurait pu être un refuge. C'était une menace. Ce père qui rentrait toujours ivre… Certains soirs il s'affalait sur le canapé et s'endormait aussitôt. D'autres soirs il entrait dans leur chambre, donnait des coups de pied dans les lits, soulevait les couettes, Debout là-dedans ! Putain y en a marre bande de feignasses ! Jimmy pleurait. Ben tentait de sortir Fred de la chambre, il résistait, la lutte durait longtemps, Léa prenait le petit contre elle, essayait de l'apaiser. Ce que Fred leur disait alors, les insultes, les menaces, il semblait les avoir oubliées dès le lendemain matin, le lendemain matin il avait mal au crâne et il les aimait tous. Et quand Ben lui demandait s'il se souvenait de ce qu'il s'était passé la veille, il répondait toujours la même chose, Oui je m'en souviens, j'avais bu et je vous ai réveillés, ça n'arrivera plus. Bien sûr, ça arrivait le lendemain, ou le surlendemain, on ne savait jamais, et cette attente était un supplice. Avant de quitter la maison à sa majorité, Ben avait installé un verrou dans la chambre de son frère. Il savait que c'était dérisoire. Ce n'était pas dans la chambre. Ce n'était pas dans le lit. C'était dans la tête, et dans tout le corps, que la peur s'était installée, et ni le verrou, ni même la présence de Léa n'y changeaient rien. Il le savait. Et plus tard, il avait laissé Jimmy partir seul avec Fred. Il avait mis sa générosité au service de causes éclatantes, tandis que l'enfant souffrait… Maintenant il va rattraper le temps perdu, et l'éloigner de ce père à la puissance malade, à qui il pardonne moins qu'aux autres, les abîmés et les défaillants de toutes sortes, pour qui son indulgence est presque tendre.

Il entre dans le centre commercial, longe la grande allée, entre l'hyper et les boutiques. La musique pop est régulièrement interrompue par des annonces au micro, si fortes qu'elles donnent envie de fuir. Ben n'est pas d'ici et ça se voit, ses cheveux longs, ses bijoux, sa démarche, difficile de dire s'il est un garçon démuni ou un marginal plein d'orgueil. Dans un cybercafé il relève ses mails. Son amie Lili est arrivée sur le chantier de construction de la future autoroute. Elle lui énumère ce que cela entraînera et qu'il sait déjà, l'excavation de la montagne, l'artificialisation des terres, l'abattage des arbres, l'éventration des prairies, la destruction de zones humides, il est agacé : pourquoi cette liste ? Les flyers sont déjà rédigés, les tribunes signées, et il connaît le dossier par cœur ! Son esprit est ailleurs, il le sent, il n'arrive pas à se concentrer sur ce chantier d'autoroute. Il répond à Lili, lui demande des précisions sur l'organisation de la marche, insiste sur la non-violence, sait déjà que les copains ne le suivront pas tous dans cette voie, qu'ils n'en auront pas la même notion, il argumente, encore une fois, puis il écrit qu'il va lui être difficile dans les prochains jours de suivre cette action, et aussi de répondre régulièrement aux mails. Ses amis sont rarement surpris par ses absences, le besoin qu'il a de s'éloigner, mais aujourd'hui seuls les plus proches sont avertis du but de son voyage, et l'aident à le mener à bien.

Dehors il fait déjà nuit et il fait froid. Ben tire la capote de la Jeep, repère sur le plan l'adresse de Nico, une connaissance de Simon, qui l'hébergera, il y sera très vite. Il roule quelques kilomètres et son cœur s'emballe quand il passe le panneau au nom du village où Anna lui a dit que son frère était scolarisé. Et bientôt, alors qu'il entre dans la rue principale, il voit l'école… Il repense au surgissement de la mer, la nuit précédente… comme si le chemin s'ouvrait devant lui. Il se gare sur le petit parking, sort de la voiture et s'approche de la grille, regarde la cour, le préau, imagine Jimmy ici. Toute cette vie qu'il ne connaît pas. Ces années sans lui. Il regarde cette école ancienne, blanche et rouge, prise dans le faisceau de ses phares, et il décide de rester là. Il a l'habitude de dormir sur les lieux qu'il défend et à présent il défend son frère, il redevient l'aîné, le protecteur. Et il pense à son père, cet inconnu. Était-il un homme généreux dont il aurait hérité le goût de la lutte ? Il n'a jamais vu de photo de lui, Léa ne lui a jamais raconté comment il était. Comme si elle préservait à jamais la clandestinité de cet amour.

Lorsque l'école ouvre sa grille, Ben émerge d'une nuit sans sommeil. Il est sept heures trente, les enfants de l'étude du matin arrivent au compte-gouttes et entrent lentement dans la cour, le corps et l'esprit engourdis. Ben se demande quel âge ils ont, à quoi ressemble un gamin de dix ans, à quoi ressemble Jimmy, est-ce qu'il le reconnaîtra ? Il regarde ces mômes à peine plus lourds que leur sac à dos, et qui saluent brièvement la personne à la grille, un petit monde consciencieux et déjà discipliné. Jimmy arrivera sûrement plus tard, avec la camionnette au logo du foyer, l'inscription qui les désigne aux yeux de tous comme ceux qui ne vivent pas avec leurs parents. Ceux qui sont à part.

– Quand tu seras grand, Ben, tu m'inviteras chez toi ?
– Bien sûr, mon Jimmy, je t'inviterai chez moi.
– Tu m'inviteras même pour manger ?
– Mais oui.
– Et qu'est-ce que tu me feras à manger ?
Ben avait ri sans savoir quoi répondre. Et aujourd'hui

il se demande pas seulement ce qu'il fera à manger à son frère, mais surtout s'il réussira à le sortir de là.

Dans le bistro face à l'école, il boit un café au comptoir et se réchauffe un peu. Les clients ne sont pas nombreux, des hommes solitaires assis derrière les tables, qui ne semblent pas se connaître, et il y a plus de bruit dehors que dedans, la rue principale est traversée par des camions qui font un lourd boucan de ferraille en roulant sur les dos-d'âne, et les vitres du bistro tremblent à leur passage.

– Va faire beau mais frisquet, dit soudain le patron à Ben. Le temps a changé d'un coup.

– Drôlement beau, oui.

– C'est quoi vos pronostics pour ce soir ?

– Ce soir... ?

– Real ou Bayern ?

– Je dirais...

– Real !

– Voilà... Real...

– J'suis d'accord avec vous.

– Mais ça va être serré, hein !

– Oh papapa ! Ça va être serré vous dites ?

Ce que dit l'homme ensuite, Ben ne l'entend pas. Derrière la vitre du bistro, il voit la camionnette blanche du foyer approcher de l'école. C'est une image au ralenti. La possibilité concrète des retrouvailles. Son frère est là, et c'est presque irréel. Il pose quelques pièces sur le comptoir, le patron brandit devant lui le journal avec les pronostics du match, Ben l'écarte en bredouillant quelques mots convenus, et sort. La camionnette du foyer s'est garée devant l'école. L'adulte qui accompagne les enfants se tient devant la porte, les regarde sortir du véhicule et rentrer dans la cour. Ben compte trois enfants qui sont sortis, trois enfants qui lui tournent le dos. Il veut traverser pour les rejoindre, mais l'employée municipale postée sur le passage clouté choisit de désengorger la rue et fait signe aux poids lourds et aux voitures de circuler. Un long camion chargé de troncs d'arbres passe, suivi par un semi-remorque, c'est comme un mur entre l'école et Ben, et quand enfin il peut traverser, le paysage a changé. La camionnette du foyer n'est plus là. Et la cour est déserte. Comme si rien n'avait eu lieu. Qu'une brève hallucination.

Quand il arrive chez Nico il est tendu et préoccupé, mais Nico l'accueille avec soulagement, il le guette depuis deux jours, et il est à peine surpris par ce garçon peu aimable qui déboule avec l'assurance de celui qui se sait attendu. Nico a la cinquantaine, il a le calme un peu lent des êtres habitués à vivre seuls et il lui ouvre avec bienveillance la porte de sa maison, une ancienne bergerie où il a installé son atelier de coutellerie et dont il a rénové une partie, une grande pièce avec une cheminée, une minuscule cuisine et une chambre avec deux lits récupérés dans les décharges, comme tout le reste de l'ameublement et des objets.

– Les gens jettent tout, c'est fou cette manie de jeter, hein ? Tu prends le lit que tu veux, moi ça m'est égal.

– Ça t'ennuie si je prends le plus grand ? On sera bientôt deux.

– Les couples je les mets plutôt dans la grange…

– Mon frère va me rejoindre. En attendant qu'il soit là, je dormirai dans la grange. Dans une semaine max on sera repartis, lui et moi.

– Comme tu veux. Je travaille à la scierie, et le patron rigole pas avec les horaires, il va falloir que j'y aille. Tu te sers, tu fais comme chez toi. La douche est dehors, faut pas être frileux. Tout est un peu bricolé ici, tu verras.

Ben n'en revient pas d'avoir dit cela, Mon frère va me rejoindre. Il l'a dit parce qu'il lui paraît évident que Jimmy sera ici, dans cette bergerie… Il était sûrement dans la camionnette du foyer et il est sûrement maintenant dans cette école. Tout est logique, ses renseignements sont les bons, et il n'est pas loin du but. Tout cela l'angoisse et le motive aussi. Mais comment être efficace… ? Les enfants du foyer sortent évidemment de l'école comme ils y entrent : accompagnés et surveillés. Ça ne sert à rien de retourner là-bas. Au foyer en revanche, les éducateurs doivent être moins pressés, les gamins un peu plus libres, et il pourrait peut-être voir Jimmy, et être vu de lui. Le petit doit savoir qu'il n'est plus seul, qu'il n'a plus à avoir peur, Ben va le protéger. Et il se souvient, quand il l'avait accompagné pour son tout premier jour d'école, en accrochant sa veste au portemanteau sous son nom, il lui avait dit :

– Tu vas être bien ici, tu vas te faire plein de copains. Ce soir tu me raconteras, hein ?

– Et si on m'embête ?

– Si on t'embête, tu me le dis, je te défendrai.

– Même si c'est des grands ?

Les grands avaient cinq ans. Jimmy en avait trois. Les grands. Les moyens. Les petits. Les forts. Les faibles.

Les cibles. Les patrons. Les actionnaires. Les chômeurs. Les beaux. Les moches. Les vieux. Les militaires. Les paysans. Qui sont les petits ? Et qui sont les grands ?

Il trouve au milieu de vélos rouillés et d'engins agricoles brisés une vieille moto qui semble avoir servi il n'y a pas si longtemps, son réservoir est plein. Elle ne démarre pas. Il la bricole un peu, planque sa Jeep derrière la bergerie et en fin d'après-midi part pour le foyer avec la moto, il préfère qu'on ne repère pas sa voiture… et il sourit en pensant à ce que lui dirait Simon, Détends-toi, frère, même si on est dans leurs jolies petites bases de données, les flics ont autre chose à faire que de nous pister, et puis on a l'habitude de courir, non ?

Il a calculé le temps que devait mettre la camionnette pour rejoindre le foyer après la sortie de seize heures trente, et maintenant il l'attend, sur le trottoir face au foyer, cette longue bâtisse grise, prise entre les barres HLM, la voie rapide et le terrain vague qui monte au-dessus du paysage, domine les lumières et le trafic. Il attend et il a le trac, comme avant un évènement. Et retrouver son frère en est un.

La camionnette entre dans la cour et s'y gare. Les enfants sont plus nombreux que ce matin à en sortir, et ils sont de tous âges, sans doute ils viennent de différents établissements scolaires. Certains sont si petits qu'il faut les aider à descendre la haute marche du véhicule, des adolescents chahutent et traînent un peu dans la cour avant d'entrer dans le foyer. Jimmy, Ben le reconnaît tout de suite. C'est immédiat et brutal. Ce petit garçon au visage émacié, aux grands cernes noirs, à la démarche nerveuse, c'est lui, c'est son frère, le petit qui lui faisait confiance au point souvent de marcher les yeux fermés dans la rue, sa main dans la sienne, et qui s'endormait chaque soir contre lui… Les éducateurs sont occupés avec les plus jeunes, et Ben traverse et appelle son frère. Sa voix est fragile, prise par l'émotion, mais Jimmy l'entend, se retourne et le voit. Ses yeux s'agrandissent comme si quelque chose en eux explosait, un éclair passe de son regard à celui de Ben, une onde électrique. Ils sont seuls, et Ben se retient de le prendre dans ses bras, de le serrer contre lui, mais quand un éducateur appelle Jimmy, le petit n'hésite pas. Il court vers le foyer et en referme la porte violemment.

Ben reste seul face à cette bâtisse où déjà les lumières s'allument. Et plus elle s'éclaire plus elle lui semble fermée. Il se souvient de la première fois où il était revenu chez ses parents des mois après avoir quitté la maison. C'était une surprise, et quand il l'avait vu, Jimmy les larmes aux yeux avait murmuré, Je t'ai cherché partout. Alors Ben l'avait pris dans ses bras et ils ne s'étaient plus lâchés. Il se dit que ça reviendra. S'ils ont été heureux une fois, ils le seront encore. Et il est revenu dans la vie de son frère pour n'en plus sortir.

Il est sept heures du matin. Le ciel est pâle, impossible de voir où les rangées de vigne se terminent dans le grand champ qui monte, et elles semblent dessinées par une main qui n'aurait pas su s'arrêter. Les saisonniers y travaillent déjà, ils sont de pays différents et de tous âges, il y a aussi pas mal de gosses, mineurs, Ben le voit tout de suite, et deux femmes à la grossesse avancée. L'agriculteur qui les emploie manque de main-d'œuvre, mais pour ce qui est de livrer ses fruits et légumes, comme le lui demande Ben, il a déjà quelqu'un, un gars qui fait son tour et qui bosse bien, et surtout qui a sa propre camionnette, car contrairement à ce que croit Ben, lui ne prête aucun véhicule, question d'assurance.

– Vous voulez pas plutôt faire les vendanges ? C'est pas le boulot qui manque.

– Je vois ça.

– Ceux-là viennent d'ailleurs, ils comprennent pas un mot de français la plupart du temps, mais je m'en fiche. Du moment qu'ils sont réglo. Je les paye de la main à la main chaque soir et tout le monde est content. Je vous embauche quand vous voulez.

Ben repart du domaine agricole comme il y est arrivé, à pied – la vieille moto n'a pas démarré, le matin était trop humide pour elle. La veille il avait dit à Nico :

– J'ai suivi Jimmy jusqu'au foyer, il m'a vu mais il m'a fui, et il m'a claqué la porte au nez. Cette porte, je ne sais pas comment mais je vais l'ouvrir, il faut que je trouve un moyen d'entrer…

– Ça ne doit pas être si compliqué que ça, il y a un monde fou qui défile là-dedans, les travailleurs sociaux, les gars de la maintenance, de l'administration…

– Peut-être, mais moi je ne suis ni assistant social, ni cuisinier, alors… ? Je fais comment ?

– Tu n'es pas cuisinier, mais ces gamins on leur livre chaque jour de quoi manger. Les fruits et les légumes viennent de chez Martin, l'agriculteur du haut, celui qui a les vignes. C'est lui qui livre, enfin, qui fait livrer.

– J'irai demain.

Mais l'agriculteur n'a besoin de personne pour faire sa tournée.

Il est tôt lorsque Ben rentre du domaine agricole. Il marche sur la départementale qui longe la forêt, baignée dans une brume presque disparue, et le ciel se colore déjà. Si Jimmy ne lui fait pas confiance, il ne pourra pas le prendre avec lui. Il faut qu'il tisse de nouveau le lien… Mais comment faire pour lui parler ? Une camionnette arrive derrière lui, le dépasse, et se gare sur le bas-côté. Le conducteur baisse sa vitre, Ben va à lui. Le type est jeune, vingt ans tout au plus :

– C'est toi qui voulais embaucher pour les livraisons ?

– Oui, c'est moi.

– C'est moi qui livre.

– Je ne voulais pas te prendre ton travail, simplement aider. Mais ton patron m'a dit que tu n'avais besoin de personne.

– C'est vrai j'ai besoin de personne.

– Alors tant mieux pour toi.

– Mais toi, tu n'es pas « personne », hein ?

Ben sourit, surpris, et le visage du gars s'illumine. Il se penche et ouvre la portière côté passager. Cela arrive de temps en temps, des inconnus le reconnaissent, « la magie des réseaux sociaux », comme disent les copains, qui postent certaines de leurs actions et se moquent de Ben qui trouve cela risqué.

La camionnette sent le poireau et la pomme, la poussière aussi. Le garçon s'appelle Yanis, il paraît à la fois impatient et heureux, son débit est saccadé, et son accent du Sud donne à ses paroles une sincérité pleine d'ampleur. Il dit qu'il a reconnu Ben tout à l'heure, quand il chargeait ses légumes chez Martin, il le connaît, il a même participé à une cagnotte sur internet, la défense des terres agricoles ça le connaît, il est fils et petit-fils de paysans… Il aimerait bien savoir ce que Ben fait là, tout seul sans ses potes, il ne se passe rien dans le coin… à moins que l'État ne prépare en douce un de ses coups fourrés.

– À moi tu peux le dire, hein. Pourquoi tu voulais faire les livraisons ? Franchement ! Les livraisons dans ce trou paumé ! Ça cache quoi ?

Ben baisse la vitre, tend son visage à l'air encore vif du dehors. Il n'entend pas ce que lui dit le garçon, qui continue à lui parler avec une timidité enthousiaste, puis lui touche l'épaule. Ben remonte la vitre.

– Je pose trop de questions, c'est ça ?

– Peut-être bien !

Ben rit et Yanis rit aussi. Il lui indique le thermos de café, et ils boivent à tour de rôle dans le gobelet en plastique. Le café, amer et brûlant, coule dans le corps comme une main apaisante, revigorante. Ben regarde le garçon, la façon déterminée avec laquelle il conduit, c'est un garçon concret, un travailleur sérieux. Il peut lui faire confiance :

– Je voudrais rentrer dans le foyer de l'ASE.

Yanis tourne vivement le visage vers lui :

– C'est pour ça que tu voulais faire les livraisons ? Pour entrer au foyer ? Qu'est-ce que tu veux y faire ?

– Mais rien de spécial, ne t'inquiète pas, hein, je ne vais pas mettre le feu à l'institution !

– Je m'inquiète pas… Mais si je te fais entrer avec moi, je prends des risques. Je veux pas perdre mon boulot, tu comprends. J'ai deux mômes.

– Deux mômes ? Déjà ?

– Ouais… Ma copine a eu des jumeaux ! Quand ils sont nés, ils étaient pas plus gros que mon poing, et maintenant, ils ont quatre ans mais on les habille en six ans, c'est fou non ?

– Moi aussi j'ai un fils… enfin… un frère qui est comme un fils, tu vois ? J'ai treize ans de plus que lui.

Yanis prend dans sa poche un paquet de chewing-gums qu'il ouvre avec les dents, puis il conduit en silence, le regard buté, tout en mâchonnant nerveusement. Il demande :

– T'es pas venu ici pour une grande cause, alors ?

– Mon frère c'est une grande cause, non ?

– Et il est au foyer, c'est ça ?

– Au foyer, et à l'école communale aussi.

– Ah oui, il est pas bien grand, dis donc…

Yanis réfléchit.

– T'es pas venu ici pour faire un coup d'éclat, hein ?

– Au contraire, j'ai besoin de discrétion.

– Je comprends… Je comprends… Dis, rentrer dans l'école avec moi ça t'intéresserait ?

– Tu rentres dans l'école ?

– Je livre l'école, la maison de retraite et même des particuliers.

– Oh ça serait bien de pouvoir y rentrer, ça serait même très très bien…

– Et bien sûr tu veux y être quand les gamins sont dans la cour ?

Ben se mord les lèvres, ses mains frappent ses cuisses, très vite, comme un petit battement de tambour.

– Si je change l'organisation de ma tournée et que je commence par livrer l'école au lieu de la maison de retraite, on doit pouvoir arriver quand les gamins sont pas encore en classe.

– Je ne sais pas comment te remercier.

– Y a un moyen très simple, tu vas m'aider… parce que sans ça je vais prendre un sacré retard !

Brusquement Yanis braque et engage la camionnette dans l'entrée d'un chemin forestier, fait un demi-tour, et prend la route dans l'autre sens.

– C'est parti !

Et après un temps :

– Si je m'attendais à te rencontrer, ça alors ! C'est une sacrée belle journée…

C'est le chahut dans la cour, un désordre bruyant dans ce lieu qui s'applique pourtant à dompter la sauvagerie de l'enfance. Ben suit Yanis dans les couloirs qui mènent aux cuisines, il porte des cageots de pommes, et a à peine le temps de se repérer, de lire le nom des classes sur les portes, Yanis fonce, il l'a prévenu, ils vont devoir faire les livraisons au pas de course. À quoi ça sert ? Ben n'est pas venu connaître les lieux, il est venu se montrer une fois encore à son frère. En cuisine Yanis le présente comme son cousin venu lui filer un coup de main, on s'étonne de l'heure matinale de la livraison et puis on le salue rapidement, Yanis sort de la cuisine après avoir récupéré les cageots vides de la veille, il marche comme un danseur, sur la pointe des pieds, agile et rapide, il traverse la cour tout en parlant à Ben, qui le suit, Tu vois ton frère ? Tu l'as repéré ? Ben lui dit qu'ils vont trop vite pour ça, il faut qu'ils ralentissent, mais déjà ils arrivent à la grille, et Yanis lui parle encore, il faut se presser, ils sont ric-rac, Ben ne l'écoute pas. Il a vu Jimmy et il marche droit sur lui, qui s'est retiré dans un angle, près du grillage. L'institutrice qui surveille la cour remarque Ben immédiatement, son allure, sa démarche, la détermination avec laquelle il va vers l'enfant. Quand il est à sa hauteur, Jimmy se recule brusquement, son dos heurte le grillage qui tremble.

– Tu me reconnais, Jimmy ?

Le petit serre les dents, ses yeux sont noirs, tendus, seul le battement de ses cils leur donne un peu de vie.

– Tu n'as pas peur de moi, dis ? Oh, frérot, je t'ai jamais fait de mal, si ? Je suis là pour toi, et ça va aller maintenant.

– Qu'est-ce qui se passe ?

L'institutrice les a rejoints. Jimmy détale comme une souris effrayée.

– Vous êtes qui ? demande l'institutrice, je ne vous ai jamais vu dans l'école.

– Je livre… vous voyez bien… J'arrive des cuisines.

– Il est interdit de parler aux enfants, surtout ceux du foyer.

– C'est parce que… Jimmy n'a pas répondu à ma petite sœur qui l'a invité pour son anniversaire, et je voulais qu'il me donne sa réponse, c'est tout.

L'institutrice a un rire bref, presque tendre.

– Les enfants du foyer vont rarement aux anniversaires, vous savez.

– Ah bon, mais pourquoi ?

– Eh bien, le temps qu'ils demandent l'autorisation à leur parent ou à leur éduc référent, le temps que celui-ci réponde… la petite fête est passée depuis longtemps…

C'est peut-être pour ça qu'on les invite jamais d'ailleurs. Vous devriez repartir maintenant.

Ben sait qu'elle a raison de se méfier d'un inconnu qui entre dans l'école, elle a raison de lui demander ce qu'il fait là. Mais il ne peut s'empêcher de lui donner son opinion.

– Ça me choque, ce que vous me dites, je trouve ça injuste. Vous ne trouvez pas ça injuste ?

– Oui… C'est injuste. Mais qu'est-ce que vous voulez que je vous dise ? Déjà on les accueille, ces mômes, et c'est pas facile…

– Pourquoi, c'est pas facile ?

– Y a des parents qui se méfient, c'est idiot je sais, mais faut les comprendre : ces mômes avec tout ce qu'ils ont vécu, ils sont violents vous savez.

– Ah oui ?

– Oui.

– Jimmy… Il est violent ?

– Je dirais pas ça comme ça. En tout cas, dites à votre petite sœur de ne pas insister, hein.

– Bien sûr.

– Dites-lui d'oublier.

– D'accord, je vais faire ça. Je vais lui dire d'oublier…

Le soir, Ben ouvre une bouteille de vin et prépare le repas pour Nico et lui. Il revoit Jimmy. Son regard méfiant. Sa fuite. Il revoit cette institutrice aussi, pleine de bonne volonté et d'a priori. Pour elle les rôles sont distribués, et avec les enfants comme Jimmy on connaît la chanson : le malheur engendre le malheur, la violence engendre la violence, qui est battu battra, qui est violé violera… L'hérédité d'hier est la fatalité sociale d'aujourd'hui, les mauvaises graines d'hier sont les ensauvagés d'aujourd'hui et tous ont en commun une prétendue absence de morale et d'éducation. Ce sont les éternels ennemis de la République, ceux dont on n'attend rien, si ce n'est qu'ils se résignent et que la paix revienne. Ben sent la colère monter en lui, il ne veut plus être seul et il va chercher Nico qui travaille dans son atelier. Son casque sur les oreilles, Nico ne l'entend pas arriver. Le rabot électrique lance des cris stridents, mais l'odeur du bois et du fer chauffé a quelque chose de poignant, c'est une odeur qui étrangement rassure, millénaire et un peu amère. Nico est penché sur son travail, et entre ses mains, le couteau semble vivant, il y a une grande délicatesse dans ses gestes, et une grande prudence aussi... Ben s'éloigne sans le déranger.

Sur la table de la pièce principale, Nico a laissé son portable, Tu t'en sers comme tu veux, considère que c'est une sorte de cabine téléphonique. Tu mettras les pièces plus tard ! Ben ranime le feu, se sert un verre de vin et puis il appelle Philippe, l'assistant social dont Mehdi lui a enfin donné le contact. Mais il est sur messagerie. Ben lui demande s'il sait pourquoi Jimmy n'est plus en famille d'accueil, est-ce qu'il a pu avoir accès au dossier ? Et est-ce qu'il revoit son père ? Poser des questions si importantes sur la boîte vocale d'un inconnu est pire que parler tout seul, et il est presque furieux quand il appelle Mehdi, mais Mehdi est dans le RER, et les portables passent mal, Ben entend un mot sur deux, pris dans les grincements du train.

Dans la bergerie le silence est pesant, à part le crépitement du feu dans la cheminée tout semble hostile, les oiseaux nocturnes lancent des cris en fuyant, et les aboiements des chiens résonnent comme des plaintes. Ben voudrait ne pas être découragé, mais il l'est. Il a revu son frère, et maintenant la vie avec lui et avec sa mère lui semble si loin qu'on dirait qu'elle n'a pas existé. Il en ressent soudain le manque, il ne les a pas assez protégés, il s'est éloigné d'eux trop vite... Face au feu de cheminée, le visage chauffé par les flammes, il boit un peu de ce vin intense, quand le téléphone de Nico sonne, il avait enregistré le numéro de ses amis et aussi celui d'Anna, et c'est elle qui appelle, qui le tire de son cafard.

– Anna ?

– C'est toi, Ben ? Oh je suis heureuse que ce soit toi qui décroches. Comment ça se passe ? Comment s'est passée ta journée ?

– Plus difficile que je ne l'aurais cru…

– Tu as retrouvé ton frère ?

– Je suis rentré dans son école et je l'ai vu, oui. Je lui ai parlé.

– Mais c'est génial ! Qu'est-ce qu'il t'a dit ?

– Il m'a fui.

– Raconte-moi.

Il n'a pas envie de raconter cet échec, si douloureux, presque incompréhensible. Mais elle attend, et elle peut comprendre.

– J'ai livré des fruits et des légumes à son école ce matin…

– Tu as livré des légumes ?

– Ça te fait rire mais c'est vrai !

Il rit à son tour, et laisse passer un peu de temps, comme s'ils étaient face à face et pouvaient lire dans le regard de l'autre ses réactions.

– Tu es devant un feu de cheminée ? C'est un feu que j'entends ?

– Oui. Et je bois à ta santé !

– Raconte-moi tout. Jimmy t'a fui, mais est-ce que tu sais pourquoi ?

– Non… On était dans la cour de son école, je lui ai à peine parlé et il a filé comme s'il avait peur de moi.

– Ce n'est rien.

– C'est énorme.

– Je peux te donner un conseil ?

– La patience, je parie ?

– Oh, tu me connais très mal. Je te conseille la constance. Tu dois être chaque jour là où est Jimmy.

– Bien sûr, c'est ce que je vais faire. Tous les jours je vais livrer des potirons et les pommes de terre à l'école !

Il lui semble voir son sourire, et il l'imagine dans sa jolie maison, le jardin dans les premiers jours d'automne. Ce monde qui ne craint rien.

– Ben ?

– Oui ?

– Je t'appelais parce que je me suis renseignée sur le fonctionnement de ce foyer.

– C'est-à-dire ?

– J'ai téléphoné, j'ai dit que je cherchais du travail.

– Et alors ?

– Alors ils m'en ont proposé un tout de suite. Ça t'intéresse ?

Il regarde le foyer dans la nuit, comme un navire au loin. De minuscules lumières, un grand secret muet. Il a garé sa moto dans la cour, elle ne démarrera peut-être pas le lendemain quand il repartira, à sept heures… Tant pis. Il n'est pas encore vingt-deux heures, il est un peu en avance et il prend le temps de regarder le long bâtiment, ses trois étages et les deux ailes à la pierre grise, qui a vu vivre ici depuis plus de cent ans les enfants sans refuge, au fil des générations, les filles d'abord, puis les filles et les garçons, et c'est comme si leurs prénoms étaient gravés dans la pierre et leurs cœurs dans l'écorce des arbres. Anna a raison, c'est au centre même du foyer qu'il doit être, et le centre de toute chose, c'est la nuit. Il aime le nom de sa nouvelle fonction : veilleur. Et l'obtenir a été d'une facilité choquante, il s'est présenté à une agence d'intérim qui a fait une photocopie de sa carte d'identité, et il pouvait commencer le soir même. Et Ben s'était demandé si on aurait exigé de lui plus de compétences pour être gardien de parking.

La lumière du perron s'allume. Est-ce que quelqu'un l'a entendu arriver, est-ce que quelqu'un le regarde ? Il touche les bagues à ses doigts, son bracelet de cuivre, il n'est pas superstitieux mais il a besoin de sentir la chaleur de ces bijoux unis à sa peau, cette fidélité familière. Il monte le perron éclairé (pour lui ?) et frappe à la porte. Guy, l'éducateur, l'accueille avec un sourire un peu fataliste, il est un « vieux de la vieille » comme il se présente lui-même, vingt ans de service, et il s'excuse d'emblée :

– Je suis désolé, mais on a un arrêt maladie, une démission, un congé… Vous devriez être trois, idéalement… Mais l'idéal… ça n'arrive jamais, bref, tu vas être seul pour les trois unités… Tu te mets au premier, chez les petits, on a deux nouveaux vraiment pitchouns, Jessica et Marlon, ils ont quatre et trois ans, c'est leur deuxième nuit, ils sont un peu perdus.

Ben voudrait n'entendre parler que de son frère, et soudain il comprend que c'est folie d'être ici, de prendre cette responsabilité-là, il ne connaît presque rien aux enfants. L'éducateur a senti son appréhension :

– T'inquiète, tout va bien se passer. Tu te mets chez les petits et puis de temps en temps tu fais ta ronde chez les moyens et les grands, et tout sera sous contrôle. Ici, les portes sonnent pas quand les gamins les ouvrent, on n'est pas sadiques à ce point-là, bon c'est une blague… mauvaise, pardon je suis fatigué… Bref ici, on a des caméras dans les couloirs… Mais sois discret quand tu fais tes rondes, la plupart ont le sommeil léger. En ce moment on a six matelas au sol, deux chez les petits, les autres chez les ados, évidemment.

– Pourquoi évidemment ?

– Eh bien… les ados quand c'est nos mômes on a déjà du mal à les supporter, hein, mais quand c'est pas les nôtres… Certaines familles d'accueil ne les veulent plus, ils préfèrent les petits… Bon, j'ai pas trop le temps pour développer tout ça, et puis je vais m'énerver… Alors, la transmission… Écoute, tout est calme en ce moment, il n'y a pas eu de problème majeur dans la journée, tous les mômes sont là, c'est moins le bordel que le week-end. Alors, vite fait, chez les petits : Léna, six ans, elle n'a pas eu de crise d'asthme comme hier, de toute façon elle a sa Ventoline avec elle, elle gère très bien, tu verras, tu t'inquiètes pas si ça arrive. Ruben, cinq ans, l'audience judiciaire en présence de sa mère ce matin s'est bien passée, son placement est renouvelé pour six mois, mais il est possible qu'il cauchemarde, ça arrive quand il revoit sa mère, tu lui redonnes sa tétine s'il l'a paumée, et son doudou, il se rendort assez vite. Au fait, certains sont pas encore propres la nuit, tu sais changer une couche ?

– J'ai fait ça, oui… Il y a longtemps, avec mon petit… ma petite sœur.

– T'as jamais travaillé dans le secteur de l'enfance, en fait ? Bon… C'est pas grave… Alors ! Chez les moyens… Eh bien chez les moyens en ce moment c'est plutôt calme, des rivalités entre deux bandes de garçons, des bagarres à la con, rien de bien méchant, tu les sépares si ça arrive mais tu t'en mêles pas trop, joue pas les justiciers parce que de toute façon ils te bobardent. Chez les grands non plus tu t'en mêles pas trop, comme t'es intérimaire à mon avis ils vont pas te calculer, mais sache qu'il y en a une qui a des crises de somnambulisme, c'est Erin, il faut juste pas la réveiller et la guider doucement vers son lit, vérifier que sa fenêtre est bien fermée, parfois elle va chez Jeanne, la chambre d'à côté, et pas de bol, elle fout en l'air la seule chambre qui est bien rangée et là ça peut mal tourner… Sans ça, comme je te disais, c'est plutôt calme en ce moment, à part les matelas au sol, qui font plaisir à personne hein, personne n'aime avoir un nouveau qui dort au pied de son lit, au début ils se cherchent un peu, ils s'embrouillent et puis ça se tasse… Ah oui, avant que j'oublie : là tu as le placard avec les clefs, lingerie, pharmacie, douches, et là je t'ai mis les numéros d'urgence, gendarmerie, pompiers, hôpital général, hôpital psy, enfin le truc habituel. Tu hésites pas à te servir en cuisine si tu veux te faire un petit encas, hein, vers quatre heures en général le veilleur a besoin de manger pour tenir. T'as pas de questions ? Ça va aller ? Demain à sept heures tu verras Farid, moi j'arrive plus tard. Salut !

La porte claque. Guy est parti, et le silence surgit, et dans ce silence, il y a l'incroyable présence de Jimmy. Ben va dans les couloirs et les pièces du rez-de-chaussée plongés dans une demi-obscurité. Il repère le bureau du directeur, là où il y a peut-être le dossier de son frère. La nouvelle adresse de son père. La raison pour laquelle il n'est plus en famille d'accueil. Son histoire récente et administrative. Mais la porte est fermée à clef, et la clef n'est pas avec les autres, dans le placard. Au fond tant pis. C'est à Jimmy qu'il demandera de raconter son histoire. Les autres portes sont grandes ouvertes, la cuisine, la salle à manger, la salle de télévision. C'est grand. Rangé. Organisé. La vie en communauté. Se réveiller, vivre, se coucher, dormir, sous le regard des autres. De jour, de nuit, sans répit, être avec les autres. Qui ne sont pas longtemps les mêmes.

Jimmy est au deuxième étage, côté garçons. Il dort sûrement à cette heure-ci. Ben va faire sa ronde en commençant par les petits, cinq chambres pour les garçons et les filles, « à partir de six ans, en principe, mais maintenant à partir de trois ans, quand ils sortent de la pouponnière pour certains… il n'y a plus de règle, tous les lieux d'accueil sont saturés, ça déborde », quand il l'avait eu au téléphone après avoir signé pour sa mission, Patrick, le directeur, lui avait répété cela, Ça déborde, On fait ce qu'on peut, C'est ça ou la rue, et Ben sentait bien qu'il n'avait pas envie de raconter son métier à un intérimaire qui comme les autres ne resterait pas longtemps. Et il avait raison. Ben se sent comme un voleur, il repère les lieux et repartira avec son frère, le plus discrètement possible, il prendra son butin. Et maintenant, il monte les escaliers… Le cœur battant, il arrive au premier, l'unité des petits. Il tente de se rappeler ce que lui a dit Guy, tandis qu'il marche dans le couloir surveillé par trois caméras, et il lui semble avancer à tâtons dans une réalité cachée qui ne se dévoile pas. Sur la porte au nom de *Maeva*, il lit le prénom rajouté de *Jessica*. Ce doit être la petite arrivée avec son frère, dont le nom ne lui revient pas, elle doit dormir sur un matelas installé à la va-vite, comme cette étiquette. Ben pense à Chloé dans le jardin d'Anna, à tous ces enfants attendus sans surprise par les services sociaux. L'habitude qu'on en a. Et puis l'oubli. Il écoute derrière chaque porte, s'assure qu'aucun enfant ne pleure ni n'appelle. Mais il sait que la peur est souvent silencieuse. Malgré son inexpérience, il voudrait que les petits sachent qu'il est là jusqu'au matin pour prendre soin d'eux. Mais il suit les consignes et n'entre pas dans les chambres. Il reste dans le couloir, attentif au moindre bruit. Et plus le temps passe, plus l'appréhension de retrouver Jimmy lui tord le ventre. Va-t-il le réveiller ? Le supplier de lui parler ? Dans sa poche, il y a le mot qu'il glissera sous son oreiller, s'il dort. C'est risqué, bien sûr. Si on le trouve… Il a essayé d'être le plus neutre possible. *Je suis le nouveau veilleur de nuit. Je suis là, de vingt-deux heures à sept heures du matin*. Il n'a pas signé mais il a dessiné, en bas de la page, un œil à la paupière close, la confiance aveugle. Leur code de confrérie. Celui qu'il s'est fait tatouer sur le bras.

Il est plus de vingt-trois heures quand il monte enfin à l'unité des moyens. La chambre de Jimmy est la dernière du côté des garçons, là où ce soir le néon clignote et lui donne l'impression désagréable d'avoir une migraine qui s'annonce, c'est un déséquilibre infime, perturbant. Mais dès qu'il arrive il voit, au fond du couloir, ce garçon debout devant la porte de sa chambre entrouverte. Il s'approche de lui, il doit avoir treize ou quatorze ans, à ses pieds, ses draps, comme un parachute au sol.

– Bonsoir, je suis Ben, le nouveau veilleur de nuit.

Il regarde le petit écriteau sur la porte :

– Et toi tu es Jason, c'est ça ?

Jason hausse les épaules, en signe d'évidence.

– Bon… Eh bien… Je vais changer tes draps… Et… laver ton pyjama aussi…

Jason lui indique le paquet pisseux, le pyjama souillé est dedans, il s'est déjà changé, avant de se laver.

– OK… Je descends chercher la clef de la douche… Tu m'attends là ?

Ben s'éloigne en se demandant depuis combien de temps Jason attend dans le couloir, et combien de temps encore il aurait attendu. Il descend les escaliers, tendu, comme s'il allait échouer, ne pas trouver la clef de la douche, ne pas trouver les draps propres, ne pas réussir à cacher son inexpérience et sa vulnérabilité. Ça y est, il se dit, Je suis le veilleur de nuit…

Jason prend sa douche. Le bruit de l'eau résonne comme une chute épaisse dans le calme du grand bâtiment. Quand il en sort, le garçon retourne à sa chambre. Ben le rattrape, lui donne les draps propres :

– Ça va aller ?

Jason ne répond pas. Il a envie de dormir, d'oublier tout ça, sa pisse, son ennemi de l'intérieur. C'est tout. Et pourquoi parlerait-il à ce type qu'il ne connaît pas ? Il se recouche et le couloir est de nouveau silencieux. Plus rien n'empêche Ben d'aller voir son frère. Il s'avance vers la lumière qui clignote, va à sa chambre… Son nom sur l'étiquette. Son nom comme les autres, les enfants de la malchance… Il frappe doucement à la porte, l'ouvre, entre sur la pointe des pieds. Il est surpris. Il ne s'y attendait pas. La lumière de la table de nuit est allumée. Jimmy est assis sur son lit. Et il le regarde. Guy a dit qu'il avait prévenu les enfants de sa présence, alors… son frère l'attendait peut-être ? Il savait que le veilleur s'appelait Ben et il le guettait ? Il est beau, il a grandi mais son visage a gardé cette expression de petit garçon têtu et courageux, un peu sur la défensive. Sans s'approcher encore, Ben lui dit tout bas :

– Moi aussi, je t'ai cherché partout.

– Quand ?

Ben retrouve avec émotion sa voix éraillée qu'il aimait tant.

– J'ai mis du temps, c'est vrai, avant de venir… mais c'est parce que je croyais qu'il s'occupait bien de toi.

– Mais quand ?

– Quand vous êtes partis tous les deux, après la mort de maman. Je pensais qu'il ne buvait plus.

– Pourquoi ?

– Mais parce que… Il avait dit qu'il allait s'occuper de toi, et il avait arrêté les concerts…

– Et maintenant voilà.

– Oui. Et maintenant voilà. Je te demande pardon.

La tapisserie de la chambre est pleine de trous et de déchirures, les enfants doivent se succéder souvent ici, à peine le temps d'afficher aux murs ses héros et ses passions. Et Jimmy n'est pas là depuis longtemps. C'est une chambre sans habitudes ni personnalité, qui appartient toujours à d'autres. Ben regarde son frère, dans ce paysage nouveau, improbable. Il s'approche de lui, main tendue, paume ouverte, Jimmy hésite puis il le fait, un check à trois mouvements, mais pour finir Ben garde sa main dans la sienne, c'est encore une petite main potelée et douce. Soudain l'enfant se dégage, met son drap sur sa tête et pleure doucement, par petits cris très fins, et cela dure longtemps. Ben s'assied sur le lit, il écoute la peine de son frère, ce chant fluet, et il n'ose pas un geste. Lorsque cela se calme, et alors qu'il est toujours caché sous son drap, d'une voix minuscule, Jimmy lui dit :

– Ici j'ai de la peine.

– Mais je suis là maintenant.

– Ça change rien.

– Regarde-moi, Jimmy.

– Le petit garçon qui est arrivé hier, il a pas son doudou. Ça me fait de la peine.

– Je comprends.

– Et sa petite sœur elle pleure quand elle le voit pas, ça aussi ça me fait de la peine.

– Jimmy, regarde-moi… S'il te plaît.

Jimmy fait glisser le drap et regarde son frère :

– Comment tu vas faire ?

– Pour ?

– Pour qu'ils pleurent plus, les deux.

– Je vais faire… tout ce que je peux.

– Tu sais le faire, ça ?

– Les consoler ?

Jimmy fait oui de la tête, les yeux agrandis par l'espoir. Ben le prend contre lui, et immédiatement ils se retrouvent, deux corps qui ne s'étaient jamais oubliés et qui reprennent leur place l'un contre l'autre, le visage du petit dans le cou de l'aîné, et Ben reconnaît son odeur de miel, et il sent sa colonne vertébrale, comme un minuscule clavier sous ses doigts. Quand Jimmy était bébé, posé sur son ventre, il sentait cette colonne, comme celle des chats, c'était la promesse d'une vie qui allait grandir et agrandir celles des autres autour, leur donner de l'amplitude. Leurs respirations sont mêlées, celle de Jimmy rapide et filante, et celle de Ben ample, ils échangent leurs souffles comme ils échangeraient leur sang, c'est une charge secrète, ils boivent l'un à l'autre les fluides de leurs peaux, leurs haleines, leurs vibrations, et ils tremblent de tendresse. L'absence n'a rien abîmé, maintenant Ben le sait, ils ont préservé intact leur amour sans condition, sans prudence et sans orgueil. Ce qu'on appelle l'amour fou. L'amour fou est dans leurs bras. L'amour fou les tient ensemble.

Il est minuit passé et Ben est seul dans le jardin du foyer, éclairé par la lumière du perron. Il respire la nuit, son odeur résinée, sa froidure qui contraste tant avec la chaleur des journées. Il pense à sa mère qui l'a visité en rêve, inquiète pour ses fils, mais à présent ils sont réunis et il se dit que peut-être elle est apaisée, que peut-être elle lui fait confiance. Depuis trois ans il prenait des nouvelles de Jimmy de temps en temps, mais la douleur du deuil, il ne l'avait jamais partagée avec lui, le deuil il l'avait évité en vivant vite et fort, avec ses amis, ses amours passagères, ses engagements collectifs, ici et là, une boule de feu lancée à mille à l'heure. Maintenant il redevient le frère de Jimmy. Et il n'aurait jamais imaginé que ça se passe comme ça. Il met du temps à s'apercevoir que derrière lui, dans la grande maison, au dernier étage, des lumières sont allumées. On l'appelle. On le siffle. Plusieurs ados sont à leur fenêtre, une fille lui lance :

– Tu nous as oubliés, beau gosse ? J'ai fait pipi au lit, viens viiite !

Les rires fusent, puis il y a le rougeoiement des cigarettes.

– Alors t'en as rien à carrer de nous ? Tu viens pas nous border ?

Il lui semble qu'une fille le filme avec son téléphone, ou s'en sert comme d'une lampe, il ne sait pas. Et puis d'autres lumières s'allument dans les chambres, le chahut commence, il entre en hâte dans le foyer et monte au troisième le plus vite qu'il peut. Il a peur que les grands réveillent les petits. Il a peur de ne pas maîtriser la situation. Il a peur d'être viré. Il a peur de perdre Jimmy.

Quand il arrive, ils sont dans le couloir et ils l'attendent, ils sont huit, des filles et des garçons, éveillés comme en plein jour. Les plus assurés devant, les plus timides un peu en retrait, sûrement ceux « en plus », ceux des matelas rajoutés au sol. Quand Ben arrive, ils se taisent. Fini les blagues, les sifflets, les téléphones portables, ils l'observent et ils attendent.

– J'allais bientôt monter faire ma ronde. Je m'appelle Ben, je suis le nouveau veilleur de nuit.

– Pourquoi ?

Il ne comprend pas la question :

– Pourquoi… ?

– Pourquoi tu fais ce job pourri ?

– Je ne le trouve pas pourri du tout.

– Tu sais rien faire d'autre ?

– Non.

Il entend une fille dire à une autre, Pauvre mytho.

– Je suis arrivé ici, je veux dire, dans la région, il n'y a pas longtemps. Je livrais les légumes au foyer…

– Style, t'es arrivé dans ce bled paumé pour livrer des légumes ?

Ils rient. Cela commence à les intéresser sérieusement.

– Non, bien sûr que non… Je venais voir un ami… et puis je suis resté…

– La vie de ma mère, arrête de nous baratiner !

– C'est vrai pourtant. Vous vous appelez comment ?

– Tu fais l'appel ?

– Nan, t'as pas compris, gros, c'est encore un casting !

– Ah ouais, on va dire comment on s'appelle et qu'on est très sages et qu'on attend une gentille petite famille d'accueil !

Certains font des bruits de petits chiens suppliants, qui font rire les autres.

– Vous êtes trop des cons, dit une fille aux longs cheveux bruns, vous me foutez trop la honte, je vais me coucher.

Elle s'en va, deux filles la suivent en silence.

– Allez tous vous coucher maintenant, dit Ben sans conviction.

– T'es pas beaucoup plus vieux que nous, lâche l'affaire.

– C'est vrai ça, t'as quoi ? Vingt piges ?

Il répète, sans grande conviction :

– Allez vous coucher.

Ils font des gestes de lassitude et s'en vont, sans même une parole, un regard pour lui. Il les a déçus, il est faible, il est minable. Il leur dit quand même, pour ne pas rester sur ce malaise :

– Si vous avez besoin de quoi que ce soit… Je suis en bas, au premier.

– Et toi aussi, hein ? Si t'as besoin de quoi que ce soit…

La réflexion faite par celle qui rentre dans la chambre au nom de *Jennifer* sonne comme une provocation froide. Il ne répond rien. Il n'entend aucun bruit, aucune voix, tandis qu'il descend les escaliers, et on pourrait croire que l'unité est vide, mais elle est pleine d'adolescents, il le sait, qui ont déjà vécu tant de vies que chacun d'eux est, maladroitement, brutalement, plusieurs fois adulte.

Il retourne s'asseoir par terre dans le couloir de l'unité des petits. Pas question d'être dans le poste du veilleur avec ses trois écrans qui diffusent le vide en noir et blanc. Il espère qu'aucun enfant ne soit malade, que rien d'inhabituel n'arrive, mais la nuit est si longue qu'il semble impossible qu'il ne s'y passe rien. Quand il entend les pleurs d'un petit il se lève d'un bond, se précipite comme si c'était grave, mais quoi, c'est simplement un cauchemar, l'enfant pleure les yeux fermés. Ben pose sa main sur son front, caresse ses cheveux, dit quelques mots rassurants, il sait faire ça, il le faisait pour Jimmy, il s'en souvient… Cet apaisement que cela lui procurait, sentir l'enfant doucement partir dans le sommeil…

Il pense que bientôt il le prendra avec lui, ils traverseront le pays dans l'autre sens, bientôt il aura tous les faux papiers, les adresses sur la route, les amis d'amis, les complices. C'est déraisonnable. C'est possible. Des hommes, des femmes, des enfants s'évadent des ghettos, des camps, des prisons, chaque jour et depuis toujours. C'est l'aventure humaine. Le pari du risque. Ben y croit, d'une façon vague, impulsive, si peu concrète.

Il se retient de retourner voir Jimmy, lui demander de lui raconter sa vie avec son père, puis sans son père, est-ce qu'il le voit souvent, est-ce qu'il a peur de lui, est-ce qu'il l'aime toujours ? Mais non, il ne faut lui poser aucune question. Il faut le protéger, c'est tout.

L'éducateur avait raison, passé quatre heures du matin Ben a faim, il descend au rez-de-chaussée, dans la cuisine il trouve de quoi se faire un sandwich, et il ouvre une canette de jus de pomme. Aucun alcool ici, évidemment. Une bière lui aurait fait du bien, il ne faut pas qu'il y pense. Par la fenêtre il voit les immeubles d'en face, les hautes tours des HLM. Il y a des lumières allumées. Les cages d'escalier surtout. Et quelques appartements. Les vies privées, les espoirs, les soucis, la violence et les silences. Il va dans le petit bureau des éducateurs et feuillette le cahier des transmissions, tous ces prénoms d'enfants, tirés des séries américaines, les destins qui font rêver. Il est noté des maladies, des bagarres, des fugues, des départs, des retours, des anniversaires à ne pas oublier, des bons de vêture à récupérer, des rendez-vous chez le dentiste… Il trouve un carnet vierge et il le prend, et un stylo aussi. Remonté à l'unité des petits, il note ce qui s'est passé, une transmission pour lui seul, car il veut se souvenir de ces enfants pour qui il n'est qu'un passant. *Steven a appelé et quand je suis venu, il s'est retourné brusquement et m'a tourné le dos. Il a eu peur de moi. Jessica ne s'est pas réveillée, mais je l'ai vue en portant à boire à Maeva. J'ai pensé à la promesse que je venais de faire à Jimmy, de les consoler, elle et son petit frère. Mais Jessica dormait bien, elle avait sa tétine, et ses doigts dans ses cheveux, comme si elle se retenait à elle-même. Son petit frère Marlon tenait son oreiller dans ses bras et ses paupières étaient fermées si fort qu'elles étaient plissées, comme s'il faisait un effort pour ne surtout pas ouvrir les yeux. Quand je suis remonté à l'unité des ados, j'ai entendu une musique depuis la chambre au nom d'Alex et d'Erwan. Je n'ai rien dit. La nuit on se raccroche à une voix, une lumière, une musique, ce qu'on peut, mais je me suis demandé lequel des deux garçons avait mis cette musique, sûrement pas celui avec le matelas au sol. J'ai hésité à frapper à la porte. Et puis j'ai repensé à Fred entrant dans la chambre que je partageais avec Jimmy, et je suis reparti. Mais je n'arrêtais pas de penser à Fred et j'ai compris que je ne pouvais pas l'éviter. Qu'il fallait laisser Jimmy tranquille, et à lui, et à lui seul, poser toutes les questions.*

Le lendemain à la bergerie Ben prend une douche, boit un café, monte dans sa Jeep, et va dans cette petite ville où son beau-père travaille. Il n'a pas sommeil. Il peut rester plusieurs nuits sans dormir et récupérer par des siestes de quelques minutes, il a cet esprit en alerte des êtres toujours sur le qui-vive. Il pense à Léa, sa mère, comme elle se préparait pour aller écouter Fred en concert, les soirs de première. Trop maquillée. Trop bien habillée. Comme l'ado qu'elle n'avait pas eu le temps d'être. Fred était fier d'elle quand elle venait dans les loges après le concert. Elle est belle ma femme ! Il disait cela avec orgueil. Elle était belle. Il était doué, flamboyant. Le beau couple. La belle histoire. Les coulisses n'étaient pas dans les sous-sols des théâtres ou les loges des salles de concert. Les coulisses étaient à la maison. Dans l'appréhension des soirs d'alcoolisme, cette maladie qui prend des airs de fête pour vous anéantir en silence. Pourtant ce n'est pas Fred qui était mort, mais Léa, en quelques mois, un cancer fulgurant, un feu qui s'était propagé si rapidement que Ben se demande parfois si elle ne l'avait pas elle-même allumé, si elle n'en avait pas assez de ces défaites, de ces amours abîmées. Cette vie heureuse qu'on attend et qui ne commence jamais.

Il roule vers l'est du département, longe des routes nouvelles qui par des ronds-points successifs contournent des villes aux noms étranges. Il fait chaud dans la voiture, le soleil est généreux et si Ben n'était pas si anxieux, il pourrait y avoir quelque chose de confortable à rouler dans cette chaleur. Il pense à Anna, ce soir il lui téléphonera, il lui racontera sa première nuit au foyer, et ses vraies retrouvailles avec Jimmy. Il se demande ce qu'elle fait aujourd'hui, les amis qu'elle voit, il sait peu de chose sur sa vie… L'imaginer est agréable, une rêverie qui accompagne son trajet, mais quand il approche de la petite ville où travaille son beau-père, l'appréhension prend le dessus. Mehdi lui a dit que Fred travaillait dans cette petite ville, à l'économat de la mairie. Est-ce qu'une chose pareille est possible ? Il se souvient de la surprise qu'il avait faite à Jimmy, pour ses quatre ans : aller voir son père sur scène, pour la première fois. Une salle immense. Plus de six mille spectateurs. Des cris, des sifflets, un ballet de lumières plongeant dans le gouffre de la scène. Léa était en bas, tout près de la scène, depuis l'ouverture de la salle. Lui et Jimmy étaient entrés au dernier moment quand la salle était pleine et que les musiciens jouaient déjà, annonçant l'arrivée de Mark, le chanteur. Jimmy était sur les épaules de Ben, debout, tout en haut du dernier gradin, et il sentait, en tenant les chevilles de l'enfant dans ses mains, sa peur et son exaltation. De sa petite voix éraillée et paniquée il avait crié, Je le vois pas ! Alors Ben l'avait fait descendre de ses épaules pour le prendre dans ses bras, et le tenant contre lui il lui avait crié, Là-bas, au fond de la scène, sous la lumière rouge et bleue, tu le vois ? Est-ce que tu le vois ? Le blouson de cuir et le pantalon qui brille, c'est lui. Il joue, tu l'entends ? Le regard de Jimmy allait de la scène à l'écran, incrédule et déçu, et la musique était si forte que Ben en sentait le tempo traverser son jeune corps. Jimmy ne comprenait pas ce qu'il se passait. Il était perdu. Il savait que Fred, son père, jouait chaque soir, ici ou ailleurs, avec Mark. Mais il ne le reconnaissait pas.

Le soleil se reflète sur le pare-brise sale, et Ben arrive dans la ville sans la voir vraiment. Il sort de sa voiture un peu étourdi. Va à la mairie. Demande l'économat. On lui désigne une annexe, juste derrière, une minuscule bâtisse ancienne. Il entre sans frapper. Fred est là. Debout derrière une table il transvase des objets d'une boîte à une autre et il murmure comme s'il comptait ces objets, ou les nommait. Il est trop grand pour lui-même, courbé, les épaules rentrées ; un athlète épuisé. Mais imposant, encore, une « présence », comme disent les artistes, quelque chose d'indéfinissable, qui intrigue. Il lève les yeux vers Ben quand il l'entend entrer, puis se remet à sa tâche. Et subitement s'arrête. Le regarde. Son grand corps vacille, un long frisson, et son visage rougit – le visage couperosé qui le désignera toujours comme alcoolique.

– Ça alors…

Il a un élan pour aller à Ben, mais il s'arrête, Ben est la subite apparition de Léa, il est grand, mince, les yeux comme le ciel, et cette allure, cette façon de se tenir droit…

– Tu as cinq minutes ?

La question de Ben, froide comme une convocation, le ramène à la réalité. Ce n'est pas la femme aimée. C'est son fils. Il dit qu'il ne peut pas maintenant mais qu'il n'a qu'à aller l'attendre… il va pour dire « au bistro d'en face », mais c'est une phrase interdite, alors il ne la termine pas. Ben le fait pour lui :

– C'est ça, je vais t'attendre au bistro.

Ils s'assoient face à face, dans un PMU qui diffuse le tiercé sur un écran qui prend tout le mur derrière eux et passionne les rares clients. Le serveur salue Fred joyeusement, mais Fred ne lui répond pas et Ben voit comme il est angoissé lui aussi par leurs retrouvailles. Ils s'assoient et restent face à face en silence, regardant brièvement autour d'eux tout ce qui ne les intéresse pas. Puis Ben se lance :

– Il paraît que Jimmy n'allait plus à l'école ?

Fred a un mouvement de recul, comme s'il recevait un coup :

– Demande-lui, tu le vois le soir, non ?

– Oh… Il te l'a dit… Déjà…

– Il m'envoie un texto tous les matins et tous les soirs on se téléphone.

– Il paraît que tu ne l'emmenais pas à l'école tous les jours. Tu avais toujours ces problèmes avec l'alcool ?

– Ah… Celle-là je l'attendais mais pas si vite…

– Réponds-moi. C'était ça, le problème, hein ?

– Alors toi aussi tu vas venir fouiller chez moi ? Me surveiller, m'évaluer, me dire comment je dois vivre, si je fais bien ou mal avec mon fils, si j'ai le droit de l'élever ou pas ? Franchement, j'ai vu défiler tellement de travailleurs sociaux, n'en rajoute pas.

– C'est mon frère, j'ai le droit de demander, non ?

– Faut jamais flancher, hein ? Faut être efficace tout le temps ? Eh bien, non, j'ai pas été efficace tout le temps, et la vie a souvent été rude, ça te va comme ça ?

Et comme Ben ne répond pas, il se lève et Ben reconnaît ce geste qu'il avait lorsqu'il se levait, de remettre en place sa ceinture et de passer la main dans ses cheveux. Il voit les ongles coupés court, aux deux mains… Maintenant c'est sûr, il ne joue plus de la guitare. Fred sort un paquet de cigarettes de sa poche et va sur la terrasse. À travers la vitre Ben le regarde fumer, gestes lents, mesurés, et la cigarette qui tremble un peu. C'est quoi sa vie ? Il est pris d'un bref élan de compassion pour cet homme qui est sorti de la lumière et depuis va de défaite en défaite. Et il l'imagine dans l'appartement au-dessus du restaurant. Après avoir baissé le rideau de fer il monte voir son fils. Et puis il le réveille. Comme avant. Il lui fait peur. Ben le rejoint sur la terrasse.

– Tu m'as menti. Au téléphone tu me disais qu'il était sorti, il était pas sorti, il était placé.

Fred a ce regard que Ben connaît bien, étrangement doux, comme au tout début de l'ivresse, avant que ça bascule, et ce sourire désolé, presque clément.

– Pourquoi tu ne m'as pas demandé de venir ? Je serais venu, tu le sais.

– Et puis ?

– Et puis… j'aurais été là, je t'aurais aidé…

– Toi ?

Fred rit, son grand corps tremble, et puis il tousse, une toux si bruyante qu'il s'éloigne un peu, et quand la toux s'apaise enfin, il reste un moment pensif avant de revenir vers Ben.

– Je me demandais si tu t'en souvenais.

– De quoi ?

– De la fois où tu m'avais rejoint. La tournée, en Italie.

– Oui, bien sûr je m'en souviens, j'avais quinze ans, comment je pourrais oublier ça ? Mais qu'est-ce que ça vient faire là ?

– Rien. Mais tu étais doué pour la batterie, tu aurais pu apprendre, le batteur t'aurait appris, il était OK pour le faire. Plutôt que de te lancer dans tous tes trucs, là, tes rébellions d'ado…

Ça hurle à l'intérieur du bar. Trois garçons, le nez collé à l'écran, encouragent les chevaux, ils sautent sur place, leurs bouteilles de bière levées haut, bras tendus.

– C'est la misère ce patelin…, dit Fred. Je reste là pour pas être trop loin de Jimmy, mais sans ça…

– Tu le vois souvent ?

– Au compte-gouttes… Une heure. Et puis deux. Et puis trois. Et puis quatre… Fliqués par un éducateur, au foyer, puis dehors, puis enfin seuls tous les deux… Ils font des rapports à chaque fois, des réunions, des évaluations, bon Dieu ! S'ils faisaient ça avec tous les parents, tout le monde serait en faute, tu crois pas ?

– Je sais pas… Je connais pas leurs critères…

– Bien sûr que si, tu les connais, c'est tout ce que t'as jamais supporté : la normalité, la régularité, la discipline… Je savais que tu allais venir. Quand j'ai reçu le texto de Jimmy ce matin, j'en revenais pas… Mais je me suis dit, il va venir me voir, très vite.

– Pourquoi ?

– C'est la famille… On est une famille, malgré tout… Même s'ils ont pensé qu'une autre lui irait mieux… Tu parles d'un fiasco…

– Comment elle était cette famille d'accueil ? Pourquoi il n'y est plus ?

– Il faut que je retourne travailler, le chef comptable attend sa paperasse…

Il sourit en disant cela, cette situation absurde, ce métier qui lui va si mal. Et juste avant de partir, il regarde Ben avec nostalgie, parce qu'il a eu, un bref instant, le même regard que sa mère, un bleu lumineux, et un peu d'abandon, comme une tendresse.

– Tu vas rester longtemps au foyer ? Ils vont vite savoir que tu es son frère, tout se sait là-bas, et très vite.

– Je suis juste un intérimaire qui travaille de nuit…

– Mets pas le petit dans l'embarras. Il a écrit à sa juge, tu le savais ?

– Non.

– Ils font ça, ces mômes, ils écrivent au juge, ils connaissent le système, ils l'ont pigé très vite.

– Qu'est-ce qu'il lui a écrit ?

– Ça… Demande-le-lui. Et tu seras surpris.

Il tapote doucement l'épaule de Ben, et sort. Sur le pas de la porte il remonte sa ceinture, passe la main dans ses cheveux, et part sans se retourner.

Ben roule vite, pour s'éloigner de Fred, lâcher ce qui l'encombre, ce qui est revenu, ce sentiment d'amour et de haine, épuisant et coupable. Et la dernière phrase de son beau-père bourdonne comme un insecte autour de lui, perturbant, insaisissable. Est-ce qu'il doit demander à Jimmy ce qu'il a écrit à sa juge ? Est-ce que son frère fait confiance à cette femme si puissante ? Il sait si peu de chose de ce monde strict, codifié, fermé… Il manque brûler un stop. La tête lui tourne et il a des fourmis au bout de ses doigts. Il s'arrête, descend de la voiture et marche sur des chemins de terre où des vaches paisibles le regardent passer, où des chiens aboient après lui sans le poursuivre, dans la grande indifférence blanche des champs et du ciel. La fatigue l'oblige à marcher lentement, à calmer ses pensées. Il se souvient très bien de cette tournée en Italie, de cette façon que Fred avait de le présenter à tous comme son fils. Comme si sa mère n'avait aimé que lui. Ben avait été surpris, et ému aussi, plus qu'il ne l'aurait imaginé… C'est mon fils. Cette appartenance et cette fierté. C'était la première fois que

Fred le présentait ainsi, et il ne l'avait jamais refait. Ben n'était pas resté aussi longtemps que prévu en Italie. Chaque soir il admirait Fred sur scène. Chaque soir il le détestait après. Les fêtes, avec la drogue à laquelle son beau-père se vantait de ne pas toucher. Il y avait toujours plus addict que lui pour le rassurer et l'autoriser à y aller fort, à boire jusqu'à s'écrouler. Et à en rire. Pourquoi lui avoir rappelé ça aujourd'hui ? Comme s'il avait réellement été son père un jour ?

Ben entre dans le sous-bois, il y fait presque doux. Il s'allonge sous un arbre et s'absorbe dans le monochrome pâle du ciel, sent la douceur du vent sur son visage, et l'odeur de la mousse. Il ferme les yeux. Le ciel est gravé dans ses pupilles, sa lumière y frissonne. Ses doigts fouillent doucement la terre, entre ses ongles et sa peau, il y a cette parcelle de vie sauvage, humide et douce. Sa poitrine se soulève, son souffle se fait profond. Ce soir il demandera à Jimmy ce qu'il a écrit à sa juge. Ce sera sa seule question. Dans quelques heures il sera de nouveau au foyer, il le retrouvera, lui et tous les autres, dont il essaye de se rappeler les visages et les noms, des plus petits aux plus grands, mais c'est impossible. Et il comprend que son frère représente tous les frères, ceux de la marge et des bas-côtés, les enfants du manque et de l'infortune. Il n'y a pas de temps d'arrêt entre hier et aujourd'hui, aucune fracture, aucun accident, juste l'enchaînement précis et immuable de la place de chacun, l'ordre social avec ses vainqueurs et ses exclus. C'est comme ça… La phrase éternelle, si douce et si cruelle.

C'est comme ça…

Il se promet de ne jamais la prononcer.

Le soir, quand il arrive au foyer, la porte d'entrée est grande ouverte, et il y a une voiture dans la cour, garée près de celle de Guy. Ben entend des voix à l'intérieur, des voix tendues, qui essayent de retenir leur puissance, de parler bas, mais dont l'hostilité gronde. Quand il entre dans le foyer la lumière lui semble brutale, plus de demi-pénombre, de calme apparent, le couloir est encombré de deux sacs de sport, pleins à craquer, et deux jeunes garçons sont adossés au mur, mains dans les poches, regards au sol, visages protégés par la capuche de leur sweat-shirt. Une jeune femme parle à Guy tout en enroulant nerveusement une mèche de cheveux à ses doigts :

– C'est OK pour ce soir, alors ? Demain on trouve une solution mais là le foyer est ultra-saturé, une pétaudière je te dis pas.

– Tu peux pas faire ça, Martine, tu peux pas me mettre au pied du mur comme ça.

– Écoute, on va pas refaire le scénario toute la nuit, hein, parce que j'ai eu Patrick au téléphone cet après-midi, et il ne m'a pas du tout dit non, il m'a dit que des lits de camp vous en aviez cinq, alors me fais pas croire que c'est pas possible !

Guy désigne Ben :

– Martine, je te présente Ben, le veilleur de nuit… enfin… l'intérimaire…

Martine le regarde à peine, sort du bureau et rejoint

les deux mineurs, qui n'ont pas bougé, pas manifesté la moindre fatigue, ni la moindre inquiétude :

– Bon, les gars, jusqu'à demain vous êtes là, hein, tâchez de pas déconner, pour une fois… Tâchez qu'on vous garde un peu… Allez, je vous souhaite une bonne nuit.

Elle passe la tête dans le bureau de Guy, et dans un souffle, avant de partir, elle lui dit :

– Merci je te revaudrai ça…

Une heure plus tard, Guy est toujours au foyer. Il a installé les deux mineurs, Louis et Ibrahim, sur des lits de camp dans le couloir de l'unité des moyens. Il y a déjà trop de matelas au sol, et impossible de faire cohabiter ces deux garçons avec ceux dont les chambres ont encore un peu de place, ce sont des gamins trop jeunes, en cas de bagarre pas sûr qu'ils aient le dessus. Ben se demande ce qu'il se passerait si Jimmy se levait cette nuit pour aller aux toilettes, ou simplement pour le chercher ? Ce qu'il se passerait entre lui et les deux nouveaux ? Ils se sont changés dans les sanitaires et se sont couchés sans un mot, leur sac de sport à côté d'eux et leurs mains posées dessus, par réflexe.

– Putain, ils sont vraiment fatigués, dit Guy, d'une docilité exemplaire… On dirait qu'ils sont drogués…

– Ils vont arriver à dormir dans le couloir avec les veilleuses allumées ?

– Je crois que les veilleuses les rassurent. Et puis t'inquiète pas, c'est provisoire. Et ils ont l'habitude.

– L'habitude de dormir dans les couloirs ?

– Non. L'habitude du provisoire. Ils viennent de passer

deux ans en foyer d'urgence et pendant deux ans tous les matins ils faisaient leur sac, parce qu'on leur disait qu'ils allaient partir, mais ils partaient pas. Ils sont là cette nuit, ils seront encore peut-être là demain, va savoir…

– C'est si terrible que ça, chez eux ?

– Ah non, c'est eux qui sont terribles. On les appelle les « incasables »… Enfin, dans les dossiers on n'écrit pas ça, hein, on écrit : « cas complexes ». Ils peuvent exploser à tout moment, tu vois ? Deux grenades que plus personne ne veut et que tout le monde se refile. Ils sont violents et ils foutent le bordel partout où ils passent.

– Et… c'est quoi, leur avenir ?

– Bah… C'est triste à dire mais s'ils aggravent leur cas, enfin les conneries, ce sera au pire la prison dans un quartier pour mineurs, au mieux un centre éducatif fermé… Le parcours sympa de ceux qu'ont pas de bol. Mais ne leur montre surtout pas que tu es un débutant, hein, même si les autres le leur diront très vite… Tout se sait ici, et à la vitesse de l'éclair.

C'est le même lieu que la veille mais ce n'est pas la même nuit. C'est Jason qui prend sa douche très vite, tandis que Ben descend laver ses draps, la hantise du gamin que les deux nouveaux voient qu'il est un pisseux. C'est Jessica qui s'avance vers Ben, sa tétine dans la bouche et son doudou chien serré contre elle, et Ben qui lui prend la main pour aller dans la chambre de Marlon, où la petite s'assure que son frère dort bien, lui tapote le front avec un doigt, comme si elle écoutait une résonance, remonte sa couette et fait signe à Ben que c'est bon, ils peuvent partir. Et Ben appréhende que pendant ce temps-là Ibrahim ou Louis se soient réveillés. Que Jimmy soit sorti de sa chambre. Que Léna ait une crise d'asthme. Ruben un cauchemar… Et il s'étonne d'avoir retenu les malaises et les failles de ces enfants.

Les ados Jennifer et Alex sortent de leurs chambres sitôt que Ben monte faire sa ronde, ils savent déjà que deux incasables sont au foyer et lui demandent en riant s'il a pris des cours de karaté, et puis ils retournent se coucher, avec une tristesse nouvelle. Les autres restent dans leurs chambres, mais Ben voit la lumière passer sous leurs portes. Il hésite à aller les voir, parler avec eux. À chaque étage, dans ce silence plein de monde, il a envie d'ouvrir les portes en grand, et puis de les écouter dire ce qui les traverse, ou même de les écouter dormir, de les voir rêver, trouver l'endroit où l'envie de fuir cesse. Quand il a enfin le temps d'aller dans la chambre de Jimmy, c'est le milieu de la nuit. Il s'assoit au bord de son lit et le regarde dormir. Que fait-il là, dans ce monde de gosses sans maison ? Il se souvient de lui, tout petit, lui demandant sans cesse de dessiner leur maison, avec toutes les fenêtres et chaque membre de la famille derrière les fenêtres, et les arbres devant, et les fleurs, et les chats, et les voisins, et la porte surtout, avec la poignée et la clef.

C'est le même lieu que la veille, mais ce n'est pas la même nuit. Par la seule présence d'Ibrahim et de Louis, l'équilibre apparent et trompeur chavire. Dans le couloir, à la vue de tous, ils sont une preuve et une puissance. Et Ben comprend que jusqu'ici il ne savait rien. Pas même ce qu'était la vie de son propre frère. Et il reste là, dans ces couloirs qui ne sont pas des endroits de passage et de rencontre, mais d'affrontement, de planque et de débrouille, dans ce foyer, radeau mal fichu sur lequel les enfants inlassablement s'échouent. Il n'y a donc plus de familles pour les accueillir ? Est-ce que toutes les issues sont bloquées ? Nico lui a dit qu'il n'y avait plus grand monde pour faire ce métier-là, famille d'accueil, interdit aux femmes seules, interdit aux femmes qui travaillent, rien que des couples forcément hétérosexuels, un monde ancien dont les derniers représentants sont tous proches de la retraite… Nico en connaît plusieurs dans le voisinage, car la plupart sont à la campagne. L'ancienne famille d'accueil de Jimmy est là, pas loin, dans le département. C'est comment chez elle ? Qu'est-ce qui a fait qu'on lui a retiré le petit ? Qui sont ces gens chez qui il a vécu ?

Ben descend les escaliers en vitesse, mû par une intuition mauvaise, presque une panique, dans le bureau des éducateurs il prend le téléphone, hésite un moment… Il est cinq heures du matin… Peut-il appeler Philippe ? Déranger à cette heure-là quelqu'un qu'il ne connaît pas ? Il n'y a pas à hésiter. S'il avait l'adresse de l'école et celle du foyer de Jimmy, Philippe a forcément celle de son ancienne famille d'accueil.

À la bergerie, toute la matinée Ben attend des nouvelles, en vain. Nico a eu la gentillesse de lui laisser son portable, en lui conseillant, puisqu'il se sentait fliqué, de s'acheter enfin un téléphone à carte prépayée. Il n'y avait pas d'agacement dans cette remarque, simplement le conseil d'un homme de cinquante ans à un gars de vingt-trois ans qui lui faisait penser à un jeune animal un peu perdu ruant maladroitement dans les brancards.

La matinée a passé sans que Philippe réponde à son message. Il est bientôt midi et Ben dort dans la grange, sur un vieux lit en métal à barreaux, aux boules de laiton défoncées, comme le matelas. Il ne sent pas qu'il y a quelqu'un dans la pièce. Mais Anna est là. La veille, au foyer, après Philippe, c'est elle qu'il avait appelée, il savait qu'elle répondrait, même à cinq heures du matin. Elle avait répondu. Et elle l'avait écouté. Son angoisse, ses doutes, son intranquillité grandissante. Puis elle était partie sans même le prévenir, à peine avaient-ils raccroché. Elle avait roulé toute la nuit, dans un état d'exaltation et de trac. Et maintenant elle le regarde. On dirait que Ben est tombé sur ce lit tout habillé, un homme qu'on aurait poussé dans le dos et qui ne s'en serait pas relevé. Elle regarde ses cheveux en désordre, le tatouage à son bras, cet œil à la paupière close qui semble accompagner son sommeil, et puis son dos, ses fesses prises dans le jean, ses pieds nus. Elle sait ce qu'il ne sait pas. Ils s'aiment. Elle ne sera pas seulement une intermédiaire, ni même une confidente. Elle n'est pas du genre à se contenter de peu, pas du genre à croiser la route de ce garçon et à continuer sa vie comme si de rien n'était, comme si elle n'avait pas été transpercée par sa présence, par son obstination courageuse et son besoin d'humanité. Elle le regarde et elle voit ce qu'il y a en lui d'exceptionnel, de douloureux et d'absolu, voit ce qu'il ne sait pas encore de lui-même. Elle s'allonge à ses côtés et regarde son visage, c'est drôle, on dirait qu'il a déjà un peu vieilli, peut-être à cause de cette barbe naissante qu'il n'a pas pris le temps de raser… Elle est bien, allongée près de lui, elle écoute son souffle régulier, pose un doigt sur ses lèvres entrouvertes, un peu gercées, met sa main sur la sienne, ses bagues, son bracelet, sa peau un peu poissée, elle sent battre l'artère à son poignet, quelle merveille ce cœur qui bat. Sa main sur celle de Ben elle ferme les yeux et elle s'endort. La pluie qui soudain se met à tomber, accompagnée par l'orage qui vient, les prend dans son chant et les unit. Sans le décider ils se rapprochent l'un de l'autre, entre le sommeil et l'éveil ils plongent dans le monde sans conventions ni politesses de l'attirance charnelle, se réfugient dans les bras l'un de l'autre, dans la sueur, l'odeur aigre et poivrée de leurs corps. Leurs lèvres se cherchent, leurs peaux se touchent, ils se donnent des baisers de hasard, des caresses chaudes, poignantes, et ils sont libres, ils n'ont qu'une vingtaine d'années sur lesquelles rien ne pèse.

Et puis soudain la grâce prend fin. Le monde les rappelle. Comme un seau d'eau froide jeté brutalement sur leurs corps, la sonnerie du téléphone retentit et brise l'instant délicieux.

– Tu ne parles pas de moi, hein, tu lui mens, tu lui dis que c'est Jimmy ou ton beau-père qui t'a donné son adresse, mais moi tu me laisses en dehors de tout ça, Ben, je n'ai absolument pas le droit de te donner les coordonnées de cette assistante familiale. Et franchement je ne suis pas sûr qu'elle t'ouvre sa porte.

– Pourquoi est-ce qu'elle me serait hostile ?

– Tu verras bien.

– Est-ce que je dois me méfier d'elle ? Est-ce qu'elle a fait du mal à Jimmy ?

– Alors, un conseil, Ben : ne fais surtout pas avec elle ce que tu viens de faire, là.

– Qu'est-ce que j'ai fait ?

– Tes questions brutales, ton inquiétude, pas de ça ou elle te claquera la porte au nez dans la seconde.

C'est Anna qui conduit, Ben est à ses côtés, ils vont là-bas, la maison de l'ancienne tata de Jimmy, dans un village avant la mer, là où le petit a vécu avant que sa juge décide que le foyer, c'était mieux pour lui. Ils ne se regardent pas. Depuis que l'appel de Philippe a stoppé leur étreinte, ils ne se sont pas rapprochés l'un de l'autre, et ils ne parlent pas de ce qui s'est passé. Que pourraient-ils en dire, avec quels mots ? C'est arrivé, et ça ne s'oublie pas. Ça a changé quelque chose mais quoi ? Y penser est effrayant. Un bonheur à pleurer.

Parfois Ben indique à Anna une direction, lit un panneau à un croisement, et sa voix est blanche. Il passe ses mains sur son front, lisse ses cheveux en arrière, les repose à plat sur ses genoux, et puis bat la mesure d'un petit tempo nerveux et répétitif. Anna devine le mouvement de ses épaules, de son buste. Elle sait la chaleur de sa nuque, l'odeur de ses cheveux, le goût de sa bouche. Elle baisse sa vitre, l'air de dehors, encore humide du dernier orage, malmène son visage, et calme un peu son envie de crier.

C'est là. Une petite maison aux volets rouges, une maison comme si la mer était toute proche. Mais ici ce sont les terres, encore, un espace où les champs aux hautes herbes côtoient les marais, où le vent est salé, et où le sable danse au bord des routes. Ben imagine Jimmy arrivant ici, après avoir quitté son père, après être passé peut-être dans un foyer, quelques jours, sur un matelas au sol, un lit de camp ? Après avoir vu la juge ? Comment est-ce qu'on arrive ici, et comment est-ce qu'on en part ?

Ils pensaient attendre. Trouver un jardin désert derrière une barrière close. Sonner à une porte muette. Ils pensaient que ce serait un peu plus difficile. Mais le jardin est ouvert et elle est là, car sûrement c'est elle, cette femme penchée sur la terre, dans le petit potager derrière la maison. Elle est jeune. Grande, les cheveux longs pris dans un chignon qui flotte au vent. Ils hésitent à aller vers elle, ne savent pas comment l'aborder, mais elle les vus et elle va à eux. Un petit chien la suit, il n'a pas aboyé à leur arrivée, c'est un teckel, un animal de salon, un peu incongru ici. Elle reste à distance pour leur demander :

– Oui ?

Ben la regarde, et l'émotion le paralyse. Anna demande :

– Bonjour, j'espère qu'on ne vous dérange pas, vous êtes bien Aline Benoit ?

– Qu'est-ce que vous voulez ?

Elle répond à Anna mais c'est Ben qu'elle regarde et quelque chose en elle se trouble. Le petit chien court vers lui en gémissant. Elle, semble perdre l'équilibre, hoche la tête plusieurs fois. Murmure :

– Vous lui ressemblez tellement…

Et puis :

– Dites-moi qu'il va bien.

Elle ne les fait pas entrer dans la maison. Ils s'assoient sur la petite terrasse, et elle ne leur propose pas à boire. Elle n'a pas conscience de cette impolitesse, et eux ne demandent rien, eux sont muets, comme elle. Le petit chien s'appelle Jazzy, il s'est endormi en boule aux pieds de Ben, et gémit par à-coups. Le ciel s'obscurcit soudain, les nuages virent au noir et puis s'éloignent, pris par une bourrasque passagère. Elle dit :

– On croit toujours que l'orage va éclater et puis non.

– Ce matin il a éclaté. Là où on vit, un peu plus loin, vers l'ouest du département.

Ben regarde Anna qui a osé parler de ce matin, de cet orage, il lui sourit, et elle est envahie d'une joie qui n'a pas lieu d'être ici, mais qui la bouleverse. Ils sont liés en secret. Et elle a envie de rire, nerveusement, follement. Aline dit tout bas, presque étonnée :

– On m'avait pas prévenue. Un soir je suis allée le chercher à l'école et puis tous les gamins sont sortis sauf le mien… enfin, sauf lui, je veux dire. C'est tout. J'avais plus qu'à rentrer chez moi. Ça se passe comme ça, vous le saviez ça ?

Ils ne sont pas sûrs que ce soit à eux qu'elle pose la question. Elle ne les regarde pas, elle est là, stupéfaite, comme si cela venait d'arriver, comme si elle revenait de l'école et n'avait pas trouvé Jimmy. La pluie se met à tomber, et une odeur chaude monte de la terre, la luminosité se fait blanche et crue.

– Ce jour-là il avait que son cartable avec lui… Forcément… Pas une fringue, pas une peluche, rien. Enfin, après ils sont venus ici chercher ses affaires. Mais ça, c'était au bout de plusieurs jours, et moi je savais bien qu'il pouvait pas dormir sans son doudou. Et peut-être sans moi… Enfin, c'est comme ça, c'est fréquent… On m'a expliqué que c'était fréquent, de toute façon je veux plus rien savoir… Toutes leurs salades…

– Vous l'avez eu chez vous combien de temps, mon frère ?

– Cinq mois et demi… Cent quatre-vingt-dix-huit matins. Et un soir manquant… Il la connaît, lui, la vérité. Enfin j'espère. J'espère qu'il sait que je voulais le garder. Qu'est-ce qu'ils lui ont dit quand ils sont venus le chercher dans sa classe… Mon Dieu. Mon Dieu… Oh, partez s'il vous plaît…

C'est Anna qui l'entend arriver la première. Ils sont à la voiture et il court vers eux, depuis la route, ses sacs de courses à la main qu'il laisse tomber et qui s'écrasent sur le bitume, il court, et c'est comme si la fureur venait à eux, cet homme pourrait tomber tellement il court vite sous la pluie, maladroitement, au bord de l'asphyxie. Ben l'attend. C'est lui, le messager, il le sait. Arrivé à leur hauteur, l'homme crie, dans son essoufflement, il gueule :

– Vous allez lui foutre la paix, oui ? Qu'est-ce qui vous manque encore ? Vous allez nous laisser tranquilles, oui ou merde ?

– Je suis Ben, le frère de Jimmy.

L'homme se fige.

– Il lui est arrivé quelque chose ?

– Non. Il va bien.

– Qu'est-ce que vous voulez, alors ? Elle est fatiguée ma femme, elle en peut plus, qu'est-ce que vous lui avez dit ?

– Rien. On voulait savoir pourquoi Jimmy n'était plus ici.

L'homme se met à rire, un rire ironique, désespéré. Il tourne sur lui-même, les mains sur les hanches.

– C'est une blague ?

– Non.

Il lâche d'une voix tendue :

– Elle l'aimait trop, votre frère, elle s'était trop attachée à lui, et lui aussi, il s'était trop attaché à elle, vous le saviez pas, ça ?

– Non.

– Demandez son dossier vous verrez, c'est marqué, hein, c'est répertorié, c'est même étudié en cours ce truc-là ! Les familles d'accueil quand on les forme, oui, oui, on les forme, on les met en garde contre ça, cet attachement, cet amour-là ! C'est interdit ! Assistante familiale, c'est un métier, avec un agrément, vous comprenez, ça s'arrête là, mais ma femme, elle s'est pas arrêtée là et... Putain ! À quoi ça sert de remuer tout ça ? Foutez le camp, barrez-vous... On est fatigués, on n'en peut plus...

Mais ils savent qu'il a besoin de parler, encore, malgré la fatigue et l'écœurement, il va parler encore, ça se voit.

– Ma femme a fait une erreur professionnelle. Elle a trop aimé le petit. C'est un conflit de loyauté, c'est comme ça que ça s'appelle, ce sentiment. Un conflit.

Il regarde Ben, longuement, et puis lui dit :

– Jimmy était très fier de vous, vous savez, il nous montrait sur les réseaux sociaux, quand vos copains relayaient les actions de votre groupe, vos trucs là, sur les terres agricoles, contre l'enfouissement des déchets radioactifs... Mais même vous, hein, même vous et vos amis qui luttez contre l'injustice vous savez pas... Tout le monde croit savoir mais personne ne sait ce qui se passe dans ce pays, les enfants, je veux dire, les enfants comme votre frère, avec des parents dépassés, dangereux, nocifs, ou pas de parents du tout, ou avec des parents perdus. Eh oui, on est pas loin de la frontière ici, et les mineurs isolés il en arrive tout le temps, par dizaines, par centaines, on sait plus où les mettre, vous comprenez, le département sait plus où les loger, les gymnases, les hôtels, les forts militaires désaffectés, les campings, partout les mômes sont baladés d'un endroit à l'autre. Vous pouvez le dire, ça, vous ? Tous ces mineurs français et étrangers, ils sont partout vous savez, dans les campings et les hôtels miteux on les loge, et on les drogue de médocs pour qu'ils deviennent pas fous, mais ils sont déjà fous, c'est le désespoir, c'est la rage, c'est la honte d'être de l'ASE, d'être celui qui fêtera sa majorité à la rue, qui dormira dans les parcs, dans les gares, dans les bois, dites-le, ça, et oubliez pas de parler des filles aussi, si vous allez dans les foyers vous les verrez, elles ont pas quatorze ans, les proxos viennent les chercher à domicile, je vous jure que c'est vrai, ils viennent avec leurs Mercedes jusque devant la porte des foyers ils les pêchent sur les sites Escorting, Sugar Daddy, toute cette merde, et elles se vantent de michetonner, comme elles disent, je vous jure que c'est vrai, tout le monde le sait, demandez-leur, les flics, les gendarmes, les éducs, demandez-leur à ces cons…

Il se tait. Trempé. Misérable. Puis il demande :

– Il est toujours en foyer, le petit ?

– Oui.

– Pour longtemps ?

– Je ne sais pas. Il a écrit à sa juge… Je ne sais pas ce qu'il lui a demandé.

– C'est tous les six mois les audiences, sa prochaine devrait pas tarder, vous saurez vite…

– Je vous donnerai des nouvelles, si vous voulez.

– Non. Je préfère pas. Il faut oublier tout ça. C'est trop de chagrin.

Ben a grimpé le grand terrain vague qu'est devenue la colline derrière le foyer et la cité HLM, et qui domine le terrain de foot, les jardins ouvriers, l'autoroute et la ville au loin. L'autre côté du paysage. Les arbres sont maigres. Le sol est jonché de canettes vides, de petit bois brûlé et de mégots qui errent dans le vent. Il y a des traces de feux de camp entre deux pierres, des troncs d'arbres renversés dans lesquels les signes gravés au couteau ont noirci. On dirait des restes de fête triste, de jeux désabusés. En bas, plus loin, un homme entre dans un jardin ouvrier à pas prudents, s'assied sur un fauteuil de camping et ferme les yeux. Des ados courent le long du terrain de foot, ils sont habillés en rouge et on dirait des flammèches dansant le long du terrain, près des grilles. Sur l'autoroute les voitures et les camions se renouvellent inlassablement, on entend des sirènes, des motos puissantes, et puis quelques chants d'oiseaux qui se faufilent. Ben s'assied au milieu des mauvaises herbes et des orties. Il est calme, de ce calme lourd que donne le chagrin.

Tout à l'heure il était en colère. Tout à l'heure, dans la voiture d'Anna, il gueulait sa révolte contre les institutions, contre les lois, contre son beau-père et contre lui-même. Mais c'est fini, il n'a plus de colère, il est perdu, comme un soldat dans la nuit. Il s'était cru affranchi, averti, capable de toutes les revendications et de toutes les désobéissances, mais il n'était qu'un bon copain et un citoyen engagé, généreux tout autant que naïf. Maintenant il sait qu'on marche au bord du précipice, les yeux bandés. Il sait qu'un enfant placé, un enfant des tribunaux, des foyers, des prisons, un enfant sans pays, sans guide, sans repère, sans adulte, n'est pas seulement en danger, en souffrance, en sursis, pas seulement évalué, surveillé, menacé. Chaque enfant de l'institution est en concurrence avec le reste du monde.

Et il sait aussi que ces enfants, avec leur mauvaise origine, leurs mauvaises manières, leur mauvaise éducation, ces enfants mal partis, encombrants, ratés, tarés, traqués, ces enfants qui trimballent des vies qu'on lit dans les journaux et qu'on ne croit pas, parce que *ce n'est pas possible*, parce qu'*on ne veut pas que ce soit vrai*, ces enfants qui, merci la vie, ne sont pas les nôtres, ces enfants qui, Dieu soit loué, ne le seront jamais, ces enfants ne marchent pas comme nous sur les mines. Ils *sont* les mines. Et le jour où ils sortiront de terre et prendront feu, ce sera légitime et dangereux. Le début d'un nouveau monde et d'une grande défaite. Ben le sait.

Et il pleure d'amour pour eux.

Quand il redescend du terrain vague il a l'impression de revenir de très loin, de s'être isolé longtemps, et il se dit que sortir Jimmy en douce du foyer, avec des faux papiers, une fausse identité, une cavale et tous ses mensonges, est pur égoïsme et qu'il n'y a qu'une chose à faire : connaître le souhait de son frère, savoir ce qu'il a écrit à sa juge. C'est difficile de renoncer à la fugue, à ce coup d'éclat et à cette puissance-là, les copains seront déçus peut-être, il perdra de sa lumière. Tant pis.

À mi-hauteur de la colline, il peut voir le foyer en contrebas, la cour encombrée de voitures, les allées et venues des parents en ce début de week-end, ceux pour qui les visites médiatisées se passent bien et qui prennent leurs gosses un jour, une nuit, un peu de cohabitation fragile, peut-être bienfaitrice, peut-être dangereuse.

Au retour de chez Aline il avait demandé à Anna de le laisser là, près du terrain vague, car il avait besoin d'être près de Jimmy, la nuit ne suffit pas, il voulait voir son frère au foyer en journée, sous n'importe quel prétexte lui parler. Et maintenant il regarde ces gamins qui partent avec un parent, et il pense à ceux qui restent, qui jouent aux jeux vidéo dans la salle commune, affrontent les dangers et résolvent les problèmes d'une autre réalité, et il pense à ceux qui sont dans leur chambre, veulent être seuls mais ne le sont pas, tranquilles et à leur rythme, mais ne le sont jamais.

Il met un peu de temps à comprendre ce qu'il voit, à le réaliser. Le fils et le père qui sortent du foyer à présent, ce sont Jimmy et Fred. Il court pour les arrêter, empêcher ça, un week-end chez cet ivrogne, il ne le permettra jamais, il a failli une fois, pas deux, il a abandonné son fils-frère une fois, pas deux, il est proche du foyer quand il voit Fred ouvrir la porte de son coffre, y poser le sac à dos de Jimmy, Ben va pour appeler son frère, mais ce qu'il voit alors le cloue sur place : ce check entre Jimmy et son père, c'est le même qu'ils faisaient tous les deux, et puis Fred prend la tête de Jimmy sous son bras et avec son poing lui frotte le crâne en riant, comme il le faisait quand il chahutait avec le gamin, cette tendresse qui ne s'exprime que dans la brusquerie, et Jimmy rit, un rire heureux de gosse reconnaissant, et soudain Ben comprend. C'est évident. Cruel. Contraire à tout ce qu'il avait imaginé. Mais aussi dérangeant et aussi injuste que cela lui paraisse, c'est vrai, pourtant.

Ce que Jimmy a demandé à sa juge est là, sous ses yeux.

Et les autres ? Que veulent-ils, les autres ? Qui sont ces enfants ? Ben a demandé à passer de jour, au foyer, pour les voir ailleurs que dans la grande prudence chuchotée de la nuit, et ils se sont connus, et ils se sont apprivoisés, eux et lui. Alors, il leur a demandé quel était leur rêve, et ils ont répondu avec une générosité spontanée et une innocence aussi, même de la part des plus affranchis :

– *Je rêve de voir les quatre saisons avec ma mère.*

– *Je me séparerai jamais de mon bracelet du club, quand je suis allé en vacances avec ma tata. C'est ça mon rêve. Garder toujours le bracelet du club. Avec la gourde Spiderman.*

– *Pour mon anniversaire je voudrais rencontrer ma sœur.*

– *Je voudrais être invisible. Et puis monter sur les toits. La nuit surtout.*

– Je voudrais que ma mère se roule pas par terre quand elle a peur. Je rêve qu'elle a plus peur.

– En vacances je suis parti à la piscine. C'était trop cool. Je rêve d'y retourner.

– Je veux pas être plombier. Je veux être éduc. Pourquoi je suis une formation de plombier ? Éduc c'est mon rêve. J'ai fait plein de conneries du coup les enfants je les comprends.

– Quand je vois la psy je suis un peu moins énervé. Je voudrais être moins énervé mais sans la voir.

– Je rêve de vivre toujours au même endroit, pour m'en souvenir.

– Je rêve que je dors la nuit. Et que je rêve. Je dis mal, pardon.

– Je rêve que je suis pas déçue. Même si j'ai des grands projets… Je peux réaliser mes projets, même si je suis à l'ASE.

– Je rêve que je suis un garçon.

– Je rêve que je retrouve la personne que je cherche. Je la cherche tout le temps. Mais je sais pas qui c'est…

– J'ai l'impression d'être une vieille dans un corps qu'est pas le mien. Il est trop jeune mon corps. Je rêve qu'il a mon âge.

– Je rêve de ne plus jamais être sur liste d'attente.

– Je suis un ancien enfant triste, je rêve de le dire aux autres, de leur donner du courage.

– Je rêve que je suis à l'aise. Je bouge bien, je parle bien. C'est naturel.

– Je rêve que je gère mes émotions.

– Je rêve que mon cousin est puni pour ce qu'il m'a fait.

– Je rêve d'aller au musée avec ma mère.

– Je rêve que je parle avec les loups.

Il a noté dans son carnet leurs réponses. Et aussi ce qui le bouleversait et lui semblait inconcevable : *Jimmy rêve d'être le fils de son père*. Et il s'est demandé pourquoi il n'avait pour cet homme pas la moindre indulgence qu'il avait pour tous ceux qui étaient dans la marge, ceux qui se trompaient, ceux qui n'y arrivaient pas. Alors, avant de refermer son carnet il a ajouté : *Il faudrait arriver à pardonner.*

II

Il ne savait pas qu'il le ferait. Il n'avait pas prévu de le faire. Il ne fait pas partie de ceux qui se sont engagés sans même connaître ce pays ni sa langue, il ne fait pas partie non plus des reporters, des photographes, des médecins, des bénévoles qui sont partis là-bas au premier jour de l'invasion. Il est seulement venu apporter des cartons de médicaments offerts par l'hôpital où travaille son ami Simon, un simple coup de main puisqu'il était libre ce matin-là, à cette heure-là. Sur la place où quelques bénévoles attendent le bus, les dons affluent, un amas de cartons, de sacs plastique et de paquets de couches sont posés sur le trottoir, et puis arrivent les passagers, des hommes et des femmes, aucun enfant. Un bénévole explique à Ben que les enfants, les femmes vont les chercher, pour revenir avec eux. Ici souvent elles s'occupent de ceux des autres, cumulent plusieurs emplois, gardant pour elles juste de quoi vivre. L'argent c'est pour les mômes, restés chez les grands-parents, en Ukraine. Il dit aussi que les hommes et les jeunes garçons eux, ne reviendront pas en France. La plupart n'ont jamais porté un fusil. Ils apprendront.

Quand le bus arrive, Ben aide à y charger les paquets et les bagages, puis tout le monde monte à bord, et déjà la tension monte d'un cran, les gestes sont secs, les hommes et les femmes pris par une émotion solennelle. Ils vont rejoindre celle qui va devenir réelle, celle qui les attend. La guerre. Lui, reste dans son pays en paix, un privilège qui ne se partage pas. Paris baigne dans une douceur exceptionnelle pour un début mars, la journée sera belle, le soleil lance des éclats lumineux contre les vitres du bus. Les passagers y ont tous pris place maintenant, et le moteur a démarré, les portes vont se refermer, et c'est comme une frontière entre eux et Ben, une séparation très nette. Ben hésite à faire un signe, en guise d'au revoir ou de bonne chance, mais ce serait déplacé, il ne connaît aucun de ces voyageurs… et d'ailleurs ce n'est pas un voyage, qu'est-ce qu'il croit ? Il remarque à l'avant, près du chauffeur, un siège isolé, et libre.

Ce n'est pas une décision, il ne réfléchit pas. C'est un élan.

Il crie au chauffeur de ne pas fermer les portes, monte sur le marchepied, demande si la place est libre, montre qu'il a ses papiers, son passeport, et de quoi payer le trajet.

Le bus s'engage sur le périphérique. Ben voit les noms familiers des villes familières s'éloigner, se faire de plus en plus rares, disparaître. Il pense à ce qu'il devait faire aujourd'hui, à ce qu'il devait faire demain, à ceux qu'il faut prévenir. Quelle raison donnera-t-il à son départ ? Il pourrait encore, quand le bus s'arrête dans une station-service, passer de l'autre côté, par le restaurant qui enjambe l'autoroute, faire du stop et rentrer. Il ne le fera pas. Être dans ce bus c'est déjà être ailleurs, hors du pays. Il écrit à Simon qu'il est parti avec le bus qui va à Lviv, là où les médicaments sont attendus par une ONG, au point d'arrivée après la frontière. « Pourquoi ? » demande Simon. Il ne répond pas. Il n'y a pas d'explication. Il a pris ce bus comme on prend une vague, il est entré dans son mouvement, il a plongé, c'est tout.

Ils roulent vers la Belgique. Traversent le Luxembourg. Et puis l'Allemagne. Ces pays aux frontières ouvertes, à la prospérité tranquille, bourgeoise, presque ironique. Après plus de trente heures de route, avec des arrêts durant lesquels le chauffeur se repose, moteur et lumières éteints, c'est la Pologne. Dans la nuit, les écrans des téléphones font d'étranges veilleuses qui diffusent via les réseaux sociaux des vidéos qui tremblent. Des immeubles s'écroulent masqués par leur propre poussière, des fumées noires envahissent l'horizon et font descendre la nuit en plein jour. Sur WhatsApp les mères regardent les vidéos de leurs enfants qui les attendent et pleurent d'amour et de peur. Ben pense à Jimmy. Dix ans auparavant, il était allé le chercher, il avait traversé le pays pour lui, et son frère lui avait fait découvrir un monde. Il se souvient… Le petit avait été rendu à la garde de son père, et ils avaient eu peur tous les trois que cela échoue encore, que soit impossible l'équilibre entre l'amour et la défaillance, entre l'amour et le danger. Tant bien que mal, ça avait tenu. Ils étaient revenus en banlieue parisienne, ils y vivaient tous les trois, jamais trop loin les uns des autres. Et jusqu'à la mort de Fred six ans après, ils avaient formé une famille en équilibre, avec cet invité puissant et permanent, l'alcool, la maladie de l'alcool, gravée dans le corps, le sang, les neurones de Fred. Il y avait des soirs où Jimmy prenait la place de l'adulte, couchait son père, après l'avoir mis sous la douche, parce qu'il s'était vomi dessus, parce qu'il s'était pissé dessus, parce qu'il était tombé, parce qu'il s'était écroulé, parce qu'il avait bu, encore, malgré les promesses, les cures, les médicaments de substitution, et l'envie que ça cesse. La rupture avec la bouteille n'avait jamais eu lieu et jusqu'au bout elle était demeurée la plus forte. Mais Jimmy allait à l'école, partait en vacances, et Fred ouvrait sa porte aux assistants sociaux, c'était convenable chez eux, et surtout c'est là que Jimmy voulait vivre, avec son père, jusqu'au bout et sans se détourner. Il y avait eu ce soir où il était allé chercher, remisée à la cave, la guitare de Fred. C'est quoi ? avait demandé Fred, comme s'il ne reconnaissait pas celle qu'il avait tenue contre lui des nuits entières, celle qu'il protégeait du beau temps, du mauvais temps, des heurts, celle qui ne se brisait pas quand il jouait à genoux, celle qui était la partie la plus délicate de lui-même, la plus libre, et la plus souveraine. Et puis il l'avait prise, l'avait accordée, et elle s'était chargée de son désespoir et de son ennui, sans détrôner l'alcool, sans le guérir. Jimmy avait seize ans lorsqu'un matin il l'avait trouvé assis dans son fauteuil devant la télévision allumée. Fred était mort dans la nuit, une crise cardiaque, « sans douleur et sans conscience » avait expliqué le médecin, qui avait allumé et éteint la lumière en disant, Comme ça exactement. Ben s'était demandé s'il était possible qu'une vie s'éteigne comme une lampe. Et il n'y avait pas cru. Dans le temps infiniment petit où la lampe s'éteint, que se passe-t-il ? Que nous arrive-t-il hors du temps des horloges ?

Ben avait quitté le foyer de l'ASE, plusieurs mois après Jimmy, personne n'avait jamais su qu'ils étaient frères et ils étaient demeurés en secret « les fils de Léa ». Par ces mois à y travailler, Ben avait connu une violence plus concrète et radicale que celle contre laquelle il luttait jusque-là, la violence d'un pays qui laisse les enfants vivre et mourir dans ses rues. Alors il avait pris une décision : il s'occuperait des enfants qui n'étaient ni dans les foyers de l'ASE, ni dans les familles d'accueil, les enfants qui n'étaient plus nulle part, parce qu'ils avaient dix-huit ans. Ils libéraient une place. Un lit. Un couvert. Un budget. Affaire classée. Les contrats jeunes majeurs étaient rares et s'arrêtaient à vingt et un ans, il fallait pour y prétendre présenter dans les temps un dossier parfait, une enfance sans révolte sans opposition, sans conneries, pas même une crise d'adolescence. Il fallait avoir une aspiration simple, un métier vite appris, esthéticienne pour les filles, mécanicien pour les garçons. Rêver à autre chose n'était pas prévu. Alors Ben avait décidé de le prévoir. Il ne voulait plus être dans la clandestinité, dans la peur d'une arrestation, dans la débrouille. Il voulait, au grand jour, affirmer un idéal, et en toute légalité. Il avait créé avec Mehdi, l'ami de toujours, une association dont les membres récoltaient des fonds sans relâche, cherchaient l'argent qui n'accompagnait pas seulement mais donnait le temps, celui d'étudier longtemps et à l'abri. Le logement était l'urgence, la condition, et la seule issue. Il fallait que les départements s'engagent, que soient créées plus de places pour les jeunes majeurs dans les logements sociaux, que des professionnels soient présents auprès d'eux. Il fallait leur donner le temps d'apprendre, et celui de s'imaginer un avenir, briser la fatalité qui veut que les anciens enfants placés soient jetés à la rue, changer la croyance que puisque cela a mal commencé pour eux il est logique que cela se termine mal, et après tout, la rue est une place comme une autre. La déchéance y est admise. Et la mort, discrète.

La bruine tombe en épines sur les vitres. Le bus sent la poussière et l'écorce d'orange, le silence est interrompu par de brefs ronflements, des toux, des vibrations de portables, tous sont épuisés, dorment comme des souches ou veillent, inquiets, en regardant au-dehors, sans rien voir d'autre que leur reflet. De temps en temps, Iourii, le chauffeur, parle avec Ben, dans un anglais mâtiné d'ukrainien, cela l'aide à lutter contre la fatigue, ils sont deux habituellement à conduire et à se relayer, mais cette fois-ci son collègue était souffrant, cette place vacante, c'est le siège sur lequel Ben est assis. C'est son deuxième voyage déjà et il lui dit qu'à l'aller le bus est toujours plein de femmes seules, et d'hommes qui vont combattre, mais au retour ce sont seulement des femmes, avec leurs enfants, qu'elles sortent du pays.

– Écoute ça, la dernière fois, j'étais tellement fatigué, j'avais beaucoup conduit, tout est devenu étrange tout à coup, j'ai cru que c'étaient les mêmes passagers que je ramenais de Lviv à Paris, tu comprends ce que je dis ? Les hommes que j'avais transportés à l'aller depuis la France étaient devenus les enfants que je transportais au retour. Ils étaient redevenus des gamins quoi… Je me suis dit, Iourii, tu deviens fou, repose-toi… J'ai fait une longue pause…

Une fille longe la travée, elle a une trentaine d'années, et elle marche avec détermination jusqu'à Ben, se baisse pour être à sa hauteur :

– Tu es le Français ?

– Oui.

– Je suis Sofia.

– Ben.

– J'ai vu que tu avais chargé des médicaments. C'est toi qui les as apportés ?

– Oui, je dois les remettre à des humanitaires. Pourquoi ?

– C'est pour quelle ville ?

– Kyiv. Le nom de l'hôpital est inscrit dessus.

– Tu es médecin ?

– Non. J'ai un ami qui est médecin, c'est lui qui m'a demandé de les apporter.

– Je vais dans le Sud, chercher ma fille – oui, je sais, j'aurais mieux fait de passer par la Roumanie, mais c'est compliqué, bref, je vais chercher ma fille et ma mère pour les ramener avec moi à Paris.

– Tu travailles à Paris ? C'est pour ça que tu parles si bien français ?

– Je parlais déjà un peu avant, moins bien, mais quand même… J'ai quelque chose à te demander.

– Bien sûr.

– À Lviv un ami vient me chercher, on va faire le

voyage ensemble, il va à Kherson, là où vit ma mère. On a un besoin urgent de médicaments là-bas.

– Il y a des bombardements à Kherson ?

– Ben, écoute-moi : le temps qu'on passe dans ce bus, chaque heure, chaque minute, la situation change. Tu ne connais rien à mon pays, mais crois-moi, les médicaments aujourd'hui partout en Ukraine sont aussi importants que l'eau. Tu as apporté six cartons, je les ai comptés. Je t'en demande seulement deux.

– Laisse-moi juste demander à mon ami toubib. Il a peut-être répondu à la demande précise d'un collègue ukrainien.

– Mais ça ne sert à rien de déranger ton copain, tu crois vraiment qu'on va te les compter, tes six petits cartons ? Tu sais, tu n'es pas le seul à apporter des médicaments en Ukraine, et moi je t'en demande vraiment peu. Les vieilles personnes, les malades, les handicapés, les pauvres ne peuvent pas quitter la ville, elle est occupée, tu le sais peut-être, ils souffrent et il faut les aider par tous les moyens. Je te remercie, c'est très sympa.

Après avoir conclu elle-même l'accord, elle retourne à sa place. Ben se dit qu'elle a un sacré culot et qu'elle a raison, il ne connaît rien à cette guerre, rien à ce pays. Et c'est peut-être cette innocence qui l'a poussé à monter dans ce bus, il a besoin de savoir.

La bruine s'est transformée en neige fondue de plus en plus dense, la visibilité est presque nulle et les phares semblent inventer le chemin au hasard. Ben ferme les yeux. Il pense à Anna. Il y a dix ans quand il avait décidé de rester au foyer, elle était repartie chez elle. Il ne l'avait pas retenue. Il n'y avait pas eu entre eux de promesses, et aucun aveu. Ben allait créer son association pour jeunes majeurs, Anna finissait ses études de photographie aux Beaux-Arts. Leur amour était si puissant qu'il n'y aurait eu dans leur vie aucune place pour d'autres qu'eux-mêmes, aucun idéal, aucun apprentissage n'auraient pu survivre à cette passion. Ça aurait été comme se jeter dans les flammes. Ils étaient si jeunes, et ils ne s'étaient pas quittés, ils s'étaient fuis. Anna avait fait son premier reportage dans le désert australien, une beauté difficile à saisir, presque décourageante. Un jour, Ben avait découvert ses photos du désert de Tirari dans un journal, le lac Eyre, plus bas que la mer, là où chaque rivière s'évapore et où la soif vous hante. Anna venait de rentrer en France et s'apprêtait à partir pour l'Afrique du Sud, dans les montagnes du Drakensberg. Il lui avait téléphoné. Cela faisait trois ans qu'ils ne s'étaient pas parlé, et « Je pense que tu te trompes, Anna » avaient été ses premières paroles. Maintenant, en repensant à ce coup de fil, il sourit malgré lui… Anna avait eu beau lui expliquer que les grands espaces contenaient toute l'humanité, il répétait que c'était un exil bien trop facile, et que partir si longtemps loin des hommes était pur égoïsme. Elle l'avait traité de donneur de leçons égocentrique, ils s'étaient disputés avec émotion, ils contournaient la seule chose qui au fond les animait, qui au fond les intéressait. Elle avait demandé, avec une agressivité épuisée :

– Tu penses que mes photos sont mauvaises ?

– Bien sûr que non ! Si tu écoutais un peu ce que je te dis !

– Mais qu'est-ce que tu me dis, Ben, je n'y comprends rien ?

– Je te dis que ça ne sert à rien d'aller si loin pour découvrir les espaces où vivent les hommes.

– Où ils essayent de vivre.

– Si tu veux.

– Mais qu'est-ce que ça peut te faire que je sois au bout du monde ?

– Pardon ?

– Je te demande si ça t'ennuie de perdre ma trace ?

– Perdre ta trace ? Quelle expression atroce, comment peux-tu dire ça ?

– Réponds-moi.

Il y avait eu ce temps minuscule et immense avant qu'il ne réponde :

– Je n'ai jamais perdu ta trace, Anna. Depuis trois ans, je te parle, est-ce que tu l'entends ?

Elle l'avait entendu bien sûr. Et elle l'entendait toujours, où qu'il soit. Quand ils s'étaient revus, ils avaient su d'emblée qu'ils avaient eu raison de vivre ces années loin l'un de l'autre. Maintenant ils étaient prêts à se rejoindre sans que le monde autour d'eux s'efface. Anna avait photographié les montagnes d'Afrique du Sud, et puis elle avait compris que les montagnes l'intéressaient moins que les humains, et durant toutes ces années elle n'avait plus fait que ça, des photos de corps et de visages, en France et ailleurs, et elle ne savait toujours pas comment cela était possible que jamais personne ne ressemble à personne, que les traces du temps, de la vie, de la mort ne s'impriment jamais de façon identique sur deux visages.

Soudain le bus ralentit. Les soubresauts sur la route enneigée font d'étranges hoquets. Les portables ne captent plus. Tout le monde se tait. Tout le monde a compris. Dans ce silence le bruit du moteur est immense. Et puis le chauffeur coupe le contact et le bus s'arrête, comme une bête qui s'écroule. Ils attendent longtemps, avant de passer la frontière. Après, pour tous les passagers, sauf pour Ben, ce sera le pays.

Envahi.

Ben passe la main sur la vitre pour en effacer la buée. À quoi ressemble le dehors ? Dans le petit matin, les flammes d'un brasero éclairent les visages des soldats qui examinent les passeports. Dans le bus, tous ont le nez collé aux fenêtres, et ils regardent en silence. C'est une image ancienne et éternelle. Cette colonne silencieuse dans le petit jour glacé, c'est un film, toujours le même, vu et revu. Et pourtant c'est la première fois. La longue file de femmes, de vieillards et d'enfants, qui marchent. Qui marchent. Qui marchent…

Les passagers ont du mal à reconnaître leur pays. Il faut un peu de temps pour retrouver le paysage derrière ce qui le remplit, derrière ce qui s'y passe. Dans l'autre sens, il y a une longue file ininterrompue de voitures, Iourii explique à Ben qu'il faut cinq jours pour passer la frontière avec la Pologne, un collègue lui a dit que cette nuit une femme avait accouché dans sa voiture, les ambulances manquent d'essence, les trains sont gratuits mais pris d'assaut, et soudain il parle si bas que Ben se lève pour se tenir debout à ses côtés. Il dit qu'il y a beaucoup d'entraide et des gens formidables qui proposent d'eux-mêmes le covoiturage vers la Pologne, mais il y a aussi des réseaux mafieux qui guettent les enfants seuls, et les femmes... Ses mains serrent le volant, jusqu'à devenir blanches.

À l'approche de Lviv, chacun tente de joindre un ami, un parent, se renseigne sur d'autres bus, des trains, des taxis, Ben perçoit la fatigue accumulée qui se transforme en sursaut d'énergie, les nerfs tendus qui propulsent une ardeur efficace. Au milieu de ces voitures surchargées, de ces bus bondés, de ces centaines de camions, il y a sur l'autoroute de longues colonnes de chars, menaçantes créatures de fer, puissantes même silencieuses. Ben les regarde comme une image de la Seconde Guerre mondiale soudain réapparue. Pour les autres, ils sont le rappel de la guerre du Donbass et de l'annexion de la Crimée huit ans auparavant, et le bruit des hélicoptères et des avions de chasse à basse altitude renforce cette évidence : la guerre est arrivée jusqu'ici, parce qu'elle avait déjà commencé ailleurs dans le pays.

Le bruit des bombes au loin divise le ciel et fait trembler jusqu'à l'intérieur du corps. La mort rôde, les survole et les repère tous. Ben n'est pas arrivé dans un autre pays, il a changé de monde, il le sent sans en mesurer la portée, comme un spectateur avant le lever de rideau, protégé par sa naïveté et son ignorance.

À Lviv, Ben rejoint Alex et Thomas, deux Français membres d'une association humanitaire qui ont attendu le bus à ce point de rendez-vous, pour prendre les dons et les acheminer jusqu'à Kyiv.

– Regarde cette ville ! C'est devenu un vrai centre humanitaire, tous les dons y arrivent avant d'être dispatchés dans le pays, c'est une logistique de fous ! Tu fais partie d'une ONG ?

– Non.

– T'es journaliste ?

– Non plus.

– Tu veux combattre ?

– Non.

– Oh ? Tu trafiques, l'ami ?

Ben éclate de rire.

– Alors quoi ? Qu'est-ce que tu fous ici ?

Ben peut-il avouer qu'il ressent une fascination à être là, une peur et une attirance, comme quand on approche sa main du feu ? Peut-il avouer qu'il n'a fait que ça dans sa vie, suivre ses intuitions, et que ses révoltes étaient aussi une curiosité de la vie, une envie de s'y engager ?

– Tu peux venir avec nous si tu veux, on a toujours besoin de bonnes volontés.

Il hésite. Cette proposition est une opportunité. Repartir maintenant, essayer de le faire, serait aussi stupide qu'épuisant, et maintenant qu'il est là, dans cette autre réalité, il veut voir. Chaque heure, chaque minute, la situation change, avait dit Sofia… Ça signifierait quoi exactement, de travailler avec Alex et Thomas ? Il n'en sait rien, et c'est peut-être pour ça qu'il leur répond :

– D'accord…

– Le temps d'un café et on y va, on a déjà fait le plein d'essence… Quatre heures de queue… Il a fallu être sacrément patients.

Ben va dire au revoir à Sofia, assise un peu plus loin sur un banc de cet immense parking, au milieu de tous ces gens en fuite qui font une halte, rechargent mieux leur voiture, le coffre, le toit, surveillent les enfants qui se dégourdissent les jambes, font marcher un peu les anciens, et boire leurs chiens. Il y a une grande fatigue, et une application concrète et précise dans chacun de leurs gestes.

– Je voulais te dire au revoir, Sofia, je pars à Kyiv.

– Bon courage, et merci…

Elle désigne les deux cartons de médicaments posés sur ses genoux, emballés dans un sac plastique, un camouflage pour être sûre de les garder avec elle tout au long de son périple.

– Tu as des nouvelles de ton ami ?

– Non… On avait rendez-vous ici, mais il doit être coincé quelque part, on est trop nombreux, les portables ne passent plus, tu as dû le remarquer… Quel merdier, hein ?

– Qu'est-ce que tu vas faire si ton ami ne vient pas ?

– Il n'y a plus de trains pour aller à Kherson, mais je me débrouillerai, ça va aller.

Elle se lève et le prend dans ses bras. Elle a son sac à dos et Ben a un peu de mal à la serrer contre lui. Il est ému par la façon bravache dont elle lui dit de filer, en lui donnant une petite tape sur l'épaule. Il s'éloigne et va s'asseoir à l'écart sur une grosse pierre. Alex et Thomas boivent leurs cafés près du minibus humanitaire, il va attendre un peu avant de les rejoindre. Il écoute, il regarde, curieux et déphasé. Il ignorait qu'il pouvait y avoir autant de bruits en même temps, depuis la terre et depuis le ciel, autant d'individus si différents, réunis dans le même chaos, le pays semble un grand corps qui se vide, pesamment, et inlassablement… Alex et Thomas lui font signe de les rejoindre, mais quand il se lève il voit cet homme, adossé au capot de sa voiture, qui fume en regardant Sofia. Il a l'air d'avoir tout son temps, et elle, elle guette quelque chose, quelqu'un qui ne vient pas. Il jette son mégot, l'écrase lentement du bout de sa chaussure et, les mains dans les poches, s'approche d'elle. Ils se parlent et très vite elle sort son portefeuille. L'homme regarde les billets, la tête penchée, et il se gratte la nuque, un mélange de désinvolture et de morgue. Sofia est vulnérable, toutes les femmes le sont, pense Ben, toutes sont des cibles. Quand Sofia tend les billets à l'homme, elle voit Ben, et elle suspend son geste.

Au regard de Ben sur lui, insistant, comme en attente d'une explication, l'homme pose une question à Sofia. Elle y répond d'un mot et il s'en va en haussant les épaules et en lançant une brève injure, dont Ben ne comprend que le dédain.

– Et maintenant que tu as limogé mon chauffeur, je fais quoi ? demande Sofia avec une ironie amusée.

– Tu serais vraiment partie avec lui ?

– Je sais me défendre.

– Je n'en doute pas.

– Tu sais, il y a un an j'ai quitté mon pays, ma mère et ma petite fille qui avait cinq ans, pour gagner ma vie en France et leur envoyer de l'argent… Je sais me débrouiller… Mais je te remercie. En chemin ce type m'aurait sûrement demandé encore du fric, et si je ne le lui avais pas donné, il m'aurait simplement ouvert la portière pour que je descende… Ou pire…

Alex vient à eux, salue Sofia en ukrainien et dit à Ben :

– On va décoller, là. Tu viens ?

– Non.

– Pardon ?

– J'ai changé d'avis. Je vais accompagner mon amie.

– Oh… Je vois…

Il les regarde, l'air entendu, puis s'en va. Sofia sourit.

– Il pense que tu me dragues, en fait !

– Sûrement… Je suis désolé, son réflexe est tellement français !

– J'ai un amoureux en France, tu sais…

– Oui ?

– Raphaël, il est géologue, je l'ai rencontré peu de temps après mon arrivée, c'est fou non ?

– Tu travailles à Paris ?

– Oui. Au début c'était difficile, franchement j'ai galéré, j'ai commencé par des baby-sittings et même des dog-sittings, si, je t'assure ! Bref… Maintenant je travaille dans une start-up spécialisée dans les vêtements équitables. Bon ! Il fait froid, on se met en route ?

Sofia remonte le col de son blouson, allume une cigarette, et Ben se propose de porter son sac à dos… Lui n'a aucun bagage. Il est content de pouvoir l'aider un peu, il a compris qu'elle n'avait besoin de personne pour se défendre, et il se demande si c'est lui qui l'accompagne. Ou l'inverse.

Le voyage en bus dure de plus de treize heures, fréquemment interrompu par les alertes aériennes. Ils traversent un pays qui ne s'appartient plus et dont ils semblent remonter le courant, car c'est dans l'autre sens que se concentre la circulation, c'est la zone occupée que l'on fuit. Quand, neuf cents kilomètres après Lviv, ils arrivent à Kherson, ce que Ben remarque en premier c'est le silence. Une ville endormie. Ralentie. Si peu de civils dans les rues. Et tant de soldats russes. La poste, les pharmacies, les centres sociaux, les crèches, les cafés, les restaurants, et la plupart des magasins sont fermés. Les parcs pour enfants sont déserts. Kherson n'est pas calme, elle est sidérée.

Sofia retrouve Katia, sa mère, et Olena, sa fille de six ans, dans la cité où elles vivent. « Je t'ai cherché partout », a pensé Ben, quand il les a vues se jeter dans les bras l'une de l'autre, comme Jimmy et lui l'avaient fait un jour, se parlant dans une étreinte sans mot. Olena a été fière de dire à Ben, *Bienvenue*, en français, la langue que lui parlait parfois sa mère quand elles se téléphonaient en visio, plusieurs soirs par semaine. Elle lui présente Ulis, le chien que les voisins leur ont confié avant de quitter la ville, et insiste pour lui faire visiter l'appartement, elle montre dans la cuisine les réserves d'eau qu'elle a participé à stocker, et sur les bocaux, les étiquettes qu'elle a écrites elle-même, dans le salon les bougies dans les pots de yaourt en verre, qu'elle avait soigneusement mis de côté et qu'elle aide sa grand-mère à allumer chaque soir, sans jamais se brûler. En riant elle dévoile même où est caché le drapeau ukrainien, sous l'évier, dans le carton de lessive. Elle présente tout cela à Ben mais ce sont les réactions de Sofia qu'elle guette, car c'est à sa mère, plus qu'à lui, qu'elle montre comment elles vivent, Katia et elle, comme elles se débrouillent bien dans cette vie qui a changé du jour au lendemain. Mais quand elle leur sert le thé dans son minuscule salon, Katia, elle, parle bas en ukrainien et très vite Sofia s'agace, elles se disputent, et Ben comprend qu'il est le sujet de leur désaccord.

– J'ai beau lui dire que tu es quelqu'un de confiance, elle a peur que tu répètes ce qu'elle me dit, explique Sofia, elle pourrait très bien parler anglais, elle traduit des contes de l'ukrainien à l'anglais, mais elle a peur…

– Je comprends, dit Ben, je vais attendre dans la cuisine.

– Non. J'ai confiance en toi. Et je n'ai pas envie de devenir parano moi aussi. Reste avec nous, tu dois savoir ce qui se passe ici, où tu as mis les pieds. Ma mère me disait que la ville était « tombée comme ça », et même si je m'en doute je veux comprendre ce que ça signifie exactement.

Katia regarde Ben longuement. Tous trois se taisent. Olena joue à leurs côtés avec Ulis, et seuls ses rires et ses mots d'affection résonnent dans la pièce. Puis Katia dit à Ben, en anglais :

– Tu comprends que je me méfie de toi ?

– Oui. Je comprends.

– C'est difficile… Il se passe des choses… On a du mal à les croire… Alors parfois, je ne sais plus… je ne sais plus à qui je peux parler.

– À lui tu peux, maman, et je sais que tu l'as compris. Alors, dis-nous, ça veut dire quoi, « la ville est tombée comme ça » ?

Katia baisse encore plus la voix.

– Le matin du 24, les Russes sont arrivés par hélicoptère et le lendemain leurs chars et leurs fantassins sont montés depuis la Crimée par le pont Antonivskyi…

– Tu veux dire que le pont n'était pas miné ?

– Non. Aucun responsable militaire n'avait ordonné de le détruire.

– Mais les nôtres ? Ils se sont bien battus ?

– Bien sûr qu'ils se sont battus ! Quand les Russes sont arrivés, les bénévoles de la Défense territoriale, des brigades d'assaut aérien et des brigades mécanisées les ont chassés et ils ont tenu leurs positions près du pont, mais après… qu'est-ce que tu veux faire… après les Russes ont largué leurs bombes ! Et puis ils ont pris le contrôle de Kherson et d'autres villes de la région, comme tu le sais. Et maintenant… ça m'écœure… maintenant on ne les voit plus, les policiers, les douaniers, les soldats ukrainiens, tous remplacés par les Russes, du jour au lendemain.

– En arrivant on a vu que le drapeau russe était partout.

– Oui, et même au fronton de la mairie… Pourtant Igor Kolikhayev, notre maire, lui, il est resté, il est des nôtres… pas comme le chef de l'administration régionale qui a fui dès le premier jour… quel lâche !

– Il y aura toujours des justes et des salauds, tu le sais, ne te rends pas malade pour ça, maman.

– Mais c'est terrible à voir… tous ces soldats partout… Moi je ne sors plus. Le matin, très tôt, on promène le chien en bas avec Olena, après je fais les courses… il n'y a plus rien, tu sais, ils ont tout pris, ils font des distributions, comme ça, devant les caméras…

– Et ?

– Et c'est tout ! Le soir on ressort le chien avec la petite et on remonte… Je ne veux pas qu'elle joue en bas. De toute façon à six heures c'est le couvre-feu…

– Tu penses que ça fait longtemps que les Russes ont tout infiltré ?

– Oh oui… Ils étaient là bien avant le 24 février, à la mairie et à l'armée, c'est sûr…

– Ils ont dû avoir de sacrés soutiens…

– Oui… Une belle bande de collabos… Maintenant tout le monde fuit… ou essaye de fuir… Mais c'est dangereux, si tu savais… Des familles entières ont été tuées par les chars ou par l'artillerie, il faut me croire…

– Mais pourquoi est-ce qu'on ne te croirait pas, maman ?

– La télévision russe dit qu'on invente.

– Mais arrête un peu de regarder la télé russe ! Et je ne veux pas qu'Olena la regarde non plus.

– On n'arrive pas à croire à toute cette horreur… On ne peut pas…

– Maman, éteins la télé ! Dire que les Ukrainiens se tuent entre eux et font des mises en scène avec leurs morts, c'est de la saloperie de propagande, et je ne veux pas qu'Olena entende ça.

– Oh, pas besoin de la télé pour entendre des mensonges… Vis ici quelques jours et tu verras…

Le lendemain Ben et Sofia sortent faire quelques courses. Sofia a demandé à Ben de supprimer de son téléphone toute conversation et tout signe ou symbole ukrainien, émoji, drapeau, couleurs jaune et bleue, sans quoi l'appareil lui serait confisqué.

– Retire aussi les applis des réseaux sociaux, et supprime les historiques de tes conversations, c'est plus sûr. Est-ce que tu as des tatouages ?

Il lui montre sur son bras, l'œil à la paupière close, ce signe de la confiance aveugle entre Jimmy et lui.

– Dis-leur que c'est une fleur, pour penser à ta fiancée par exemple, mais un œil, alors ça… impossible… Ils sont tellement tordus ils pourraient le prendre pour le symbole d'un groupe, une appartenance quelconque, ils cherchent surtout les tatouages militaires ou ceux qui se rapportent à la guerre, mais un ami musicien a été interrogé parce qu'il avait une clef musicale sur le mollet, ça a duré des heures, c'est dingue…

Ben découvre Kherson, c'est lumineux, vaste, ouvert, les avenues, les parcs, les places, les hauts bâtiments ouvragés, aux couleurs du Sud, jaune et vert pâle, ocre doux, et l'or éclatant des dômes des églises, le ciel qui étire loin ses dégradés de bleu pâle et ses nuages effilés, et le fleuve dont le courant lui fait penser à un rythme vital, puissant, inaltérable. On dirait que la ville vous tend les bras, mais en vérité, elle est interdite, et Sofia y marche comme si elle marchait sur des ruines.

– J'ai eu de la chance de grandir ici… C'était si beau.

– Ça l'est toujours.

– Mais à quoi sert cette beauté ? Qu'est-ce que c'est, une ville dans laquelle on ne peut pas flâner ? J'aurais tellement aimé te montrer le port, les îles, les mers, et le chantier naval surtout, sur la rive du fleuve, je ne sais pas pourquoi j'ai toujours été fascinée par les cargos, les navires et toutes ces grues, comme une cathédrale… Et le soir… Oh le soir, avec toutes ces lumières…

Elle se tait soudain. Deux soldats russes viennent à eux. C'est la première fois qu'elle va être contrôlée dans sa ville par l'armée ennemie, la première fois qu'elle va devoir y justifier sa présence. Les soldats leur demandent leurs papiers, et la peur est instantanée, face aux fusils automatiques la violence s'impose d'elle-même. Ben a montré son passeport et son téléphone, pourtant le soldat qui le contrôle est furieux, Ben ne comprend pas ce qu'il lui dit, ce qu'il lui veut.

– Je suis désolée, Ben, j'ai pensé à tout sauf à ça !

– Qu'est-ce qui ne va pas ?

– Retire tes bagues et ton bracelet, dépêche-toi.

Ben hésite.

– Donne-les-lui tout de suite, déconne pas. Il dit que tu es un pédé, ça peut te coûter très cher.

Le soldat regarde Ben comme s'il était personnellement outragé, et son écœurement semble sincère. Ben retire ses bijoux, et dans la main du soldat il lui semble qu'ils étouffent. Quand le soldat les fourre en vitesse dans sa poche, il se retient de protester comme il le ferait avec un pickpocket. Sofia parle avec ce soldat, prudemment, il est jeune pourtant ses mots sont graves et furieux. Étonnamment il accepte la discussion mais il est offensé. Enfin, après avoir hésité un moment, il met la main dans sa poche, et rend une bague à Ben, un anneau, et ce qu'il leur dit ensuite n'a pas besoin de traduction, ils doivent, Sofia et lui, rentrer au plus vite chez eux.

– Pourquoi est-ce qu'il m'a rendu mon anneau ?

– J'ai dit que tu étais marié, et à une fille, évidemment. Mais c'est plus prudent de ne pas le remettre… Il ressemble très peu à une alliance ! Ce soldat doit venir du fin fond de sa cambrousse… Il n'y connaît rien.

Ils marchent vite, comme deux coupables. Plus bouleversés qu'ils ne l'avouent. À défaut de pouvoir lui montrer sa ville, Sofia la lui raconte, lui parle du théâtre où elle a fait un temps partie de la troupe, du cinéma où adolescente elle a vu *Titanic* trois fois, et connu ses premiers flirts, du restaurant sur le port où ses parents l'emmenaient fêter chacun de ses anniversaires, de sa chambre d'étudiante où avec Oleks, son ex-mari, ils avaient rêvé d'un lieu alternatif, qu'ils avaient ouvert plus tard, du parc où elle promenait son bébé, et Kherson n'est pas seulement sa ville, mais le personnage essentiel de sa vie, qui garde les traces et les souvenirs, comme le ferait un corps sur lequel s'inscrivent nos âges, nos épreuves et nos sentiments. Ils approchent de la cité où vivent Katia et Olena, quand soudain Sofia entraîne Ben dans une petite rue pavée, aux immeubles bas. Elle pousse une porte à la peinture écaillée, et ils pénètrent dans un bar sombre à l'odeur de cigarette, d'anis et de houblon, aux murs recouverts d'affiches de concert écornées et de photos dédicacées, il y a peu de clients, et à peine sont-ils entrés qu'un homme sort de derrière le comptoir en avançant bras grands ouverts vers Sofia. Ils se serrent longuement en se berçant un peu, ils sont du même bord et de la même souffrance. Sofia présente Ben à cet ami, Vitaly, mais refuse le café qu'il leur propose, ils doivent rentrer, sa fille l'attend et se fait peut-être du souci. Il lui donne une petite bouteille de sirop, pour Olena. Quand ils sortent de ce bar clandestin, Ben se dit que Vitaly porte bien son nom, son accolade a redonné à Sofia la charge de vie dont elle avait besoin. Comme en écho à cette joie, ils voient cette fille, de l'autre côté de la rue. Elle est seule et elle marche lentement, un bouquet de bonnies jaunes et d'iris bleus à la main, elle est fière et courageuse, elle ose porter les couleurs interdites du drapeau ukrainien. Et même si ces fleurs ne leur sont pas destinées, ils les reçoivent comme un cadeau, un instant de poésie. Alors ils oublient les tirs russes depuis la rive gauche du Dniepr, ils oublient que ce grand fleuve est devenu la ligne de front, que les pêcheurs n'y naviguent plus, que ses berges sont désertes, ses pinèdes ravagées, et que ses couchers de soleil n'annoncent rien d'autre que la reprise des combats. Pour un instant tout reprend vie. Mais quand la fille au bouquet est passée, ils sont de nouveau dans la ville occupée, une terre étrangère où les camions militaires et les tanks marqués de l'insigne Z s'imposent dans les rues et défoncent les plus étroites d'entre elles. C'est cela la réalité. Kherson n'est plus aux Ukrainiens. Elle est aux Russes. Et toute sa région aussi. Et bientôt l'Ukraine entière. Les Russes le veulent. Ils le disent dans leur langue devenue officielle et obligatoire.

Ils disent, Nous sommes là pour toujours.

Ils l'écrivent sur les murs. Ils l'affichent dans les rues, sur les places, des panneaux géants.

Nous sommes là pour toujours.

Anna, je crois que je préfère t'écrire plutôt que de te téléphoner, chaque fois qu'on tente de se parler on est coupés, nos mots répétés, difficiles à entendre… Bien sûr j'essaye de comprendre pourquoi je suis parti sans même en parler avec toi avant, sans prévenir personne, comme si j'avais encore vingt ans et aucune attache, aucune responsabilité. J'ai été comme une pierre au bout d'une fronde, lancée là, projetée, et c'est moi qui ai tiré, c'est moi qui désirais être ici, sans savoir exactement pourquoi. En France je me bats comme je peux contre une violence sociale qui use comme la rouille, qui corrompt tout, ici je découvre la violence d'une armée qui ne se cache pas pour prendre un pays de force, qui le soumet avec une arrogance presque tranquille, comme si la Russie avait pour elle la puissance du nombre et celle des armes, et tout son temps aussi. Pour l'envahisseur chaque soumission, chaque rabaissement est une victoire, et ici on ne pleure pas seulement les morts, on pleure aussi les vivants. Tant de femmes, de filles, de petites filles sont prises et saccagées, le viol est la marque de la haine et de la puissance, les miliciens de Kadyrov en font des mises en scène qu'ils filment et diffusent, de vrais guerriers capables du pire, et qu'on paye pour cela… Peut-être as-tu vu certaines de ces vidéos ? Mais les regarder, c'est aussi une deuxième offense faite aux victimes…

Ben se relit son message et l'efface. Recommence :

Mon amour, j'ai rêvé de toi cette nuit, je te voyais dans un long couloir plein de monde, des gens qui allaient dans tous les sens, et je m'étonnais qu'ils ne te reconnaissent pas, qu'ils te laissent passer sans t'arrêter pour te parler. Aucun son ne sortait de ma bouche, pourtant je criais vers toi, c'était atroce parce que tu étais si proche et tu ne m'entendais pas… C'est peut-être à cause de ces coups de fil si frustrants, va savoir… Pourtant je sais que tu m'entends, et qu'on ne se quitte jamais. Mais la nuit, sans toi, sans ta présence physique je veux dire, je plonge dans la peur. Quand je te tiens contre moi, je peux dormir sans tomber, c'est comme si j'étais enfin celui que je voudrais être, comme si j'avais déposé ma colère et mes angoisses sur la table de nuit et que je leur tournais le dos… Avec toi je suis libre.

Je dois sortir, faire quelques courses, c'est l'heure à laquelle la ville vit un peu, comme une cité clandestine, et y marcher c'est comme traverser un tunnel malfamé… Je me demande à quoi pensent ces hommes et ces femmes, d'où leur vient ce courage, cet acharnement plutôt… Je pense aux photos que tu ferais d'eux, et de cette ville défigurée par la présence des « rachistes » comme on les appelle ici, les « Russes-fascistes ». Je sais que tu me montrerais des choses que je ne vois pas, que je regarde mal. Je vais effacer ce message après te l'avoir envoyé (le mot « rachiste » est bien sûr interdit… « Je t'aime » l'est peut-être aussi). Je t'aime. Je t'aime de toute mon âme.

Écrire à Anna est plus compliqué qu'il ne le pensait, lui dire pourquoi il est parti et où il est sans trop l'inquiéter ni lui mentir est un exercice de dissimulation. Très vite il comprend que lui aussi, comme chacun ici, hésite entre la sincérité et la prudence, et les deux s'accordent mal.

Quand il rencontre pour la première fois les amis de Sofia, dans le petit studio de l'un d'eux, Roman, il sait qu'au-delà du plaisir qu'ils ont à le rencontrer, tous se posent la question de sa présence en Ukraine, lui qui n'est ni un journaliste ni un humanitaire, qui n'est rien d'autre que lui-même. Il attend le moment propice pour leur demander pourquoi ils sont restés, ce qui les a empêchés de fuir. Qu'est-ce qui fait que l'on reste et que l'on tient ? Il voudrait le demander à Roman, le jeune postier qui n'a plus de travail, à Daria, l'institutrice d'Olena, à Lilia, la jeune peintre et compagne de Maksym, et à Maksym avec qui Sofia travaillait dans le café qu'elle avait finalement ouvert près du port avec Oleksandr, son mari, avant qu'il ne la quitte pour une autre et parte vivre avec elle à Los

Angeles. Ce lieu, lui avait expliqué Sofia avec un mélange de regrets et d'exaltation, n'était pas un simple café, il y avait des concerts de rap, des slameurs, des poètes, les street artistes avaient peint la façade, et avant que son mari, qui détenait les trois quarts des parts, ne la quitte, ils avaient mille autres projets pour ce café… Mais après son départ, Maksym et elle avaient dû mettre la clef sous la porte.

Ce jour-là, quand elle leur présente Ben, Sofia parle à ses amis de l'association qu'il a créée, de Jimmy et d'Anna aussi. Ils écoutent avec bienveillance, et elle a la délicatesse de leur parler en anglais, pour que Ben ne se sente pas exclu. Mais il apporte avec lui un vent de liberté et d'Occident, il est venu à eux, comme eux veulent aller à l'Union européenne, le pays se bat pour ça, depuis huit ans, et la révolution de la dignité, place Maïdan à Kyiv, a déclenché la fureur de Poutine, et l'annexion de la Crimée. Entre Ben et eux la confiance est immédiate.

– Tu sais, je connais bien Paris, dit Lilia, j'y suis allée souvent pour les musées et les expos, mais ce que j'aime par-dessus tout c'est les couleurs du ciel le soir sur la Seine… J'aimais m'asseoir sur le pont des Arts et regarder le soleil se coucher… Le ciel est immense à Paris et tout est à la fois grandiose et intime, tu vois ce que je veux dire ? Je suis toujours surprise par cette beauté.

– Oui, vu comme ça, Paris a quelque chose de très ouvert et de très généreux…, dit Ben.

– Mais… ? demande Maksym. On dirait que tu hésites…

– La France est belle mais c'est aussi un pays de façade.

On vit dans un décor qui va s'effondrer et on fait comme si tout allait bien, comme si ce pays était riche et égalitaire, mais c'est faux. Une partie des gens ont faim, c'est ça la réalité.

– Ça veut dire quoi, « une partie des gens » ?

– Ça veut dire que des bébés et des milliers d'enfants dorment dans les rues et que beaucoup de gamins vont à l'école le ventre vide, que des étudiants dorment dans les jardins publics et se nourrissent de chips, que la majorité des retraites sont misérables, qu'on n'arrive plus à nourrir ceux qui ont faim, qu'on limite les distributions gratuites de repas, qu'on les interdit même dans certains quartiers du nord de Paris, où il y a, selon la préfecture, trop de migrants, trop de sans-abri, trop de gens qu'on voudrait ne jamais voir. On est au XXIe siècle et la misère est toujours là, ça paraît fou, je sais…

– Vous êtes en paix, ça n'a pas de prix, dit Roman. Ici c'est la guerre, l'invasion à grande échelle, tu ne peux pas comparer.

– Roman a raison, dit Daria, rien n'est plus précieux que la paix.

– Je ne compare pas. Mais peut-on être en paix quand on ne sait pas où dormir ? Le soir, quand ils sortent de l'école, beaucoup d'enfants ne savent pas où aller. Ils ne savent pas s'ils vont dormir sous la tente, dans une voiture ou sur le trottoir.

– Je n'avais pas imaginé ce pays comme ça, dit Sofia, franchement ça a été un choc quand je suis arrivée. Un jour, j'étais près des Champs-Élysées, c'était un peu avant Noël et la ville était magnifique, les rues illuminées, les vitrines décorées, mais il y avait un homme et sa petite fille, assis là, sur le trottoir, et la petite, elle faisait ses devoirs… Et c'est bête mais ce qui m'a le plus choquée, c'est l'application qu'elle mettait à reposer son crayon de couleur dans la trousse, la façon délicate avec laquelle elle en choisissait un autre pour bien faire ses devoirs…

Ben laisse passer le silence. Il a pu les agacer, et Sofia est venue à sa rescousse… Mais Daria lui dit :

– Aujourd'hui je donne mes cours à distance… Les enfants ne sortent pratiquement plus de chez eux. Malgré tout je continue à les suivre, toutes les semaines je donne aux parents les photocopies des cours, des coloriages aussi, toutes les familles n'ont pas un ordinateur… Rends-toi compte, Ben, que j'ai hésité à partir en zone libre chez des amis, à Zaporijia, et puis au dernier moment je n'ai pas eu le cœur d'abandonner mes élèves… Et quand à Zaporijia la centrale nucléaire a été bombardée, je me suis dit que ces petits m'avaient finalement sauvée du danger, sans le savoir…

– Moi, dit Maksym, j'ai de la famille en Roumanie, on aurait pu y partir avec Lilia, mais sa maman est malade et on ne pouvait pas la laisser seule ici. Et maintenant ce qui me fait peur, c'est d'être enrôlé par les Russes… Ça me hante, ce truc-là, je vous jure ça me rend dingue. Valentin, mon voisin, il est parti avec un bus, en zone libre, mais à un point de contrôle les Russes l'ont fait descendre et se déshabiller devant tout le monde, et puis ils l'ont forcé à mettre un uniforme russe et ils lui ont donné une kalach aussi, le môme pleurait tellement qu'il était cassé en deux… Il a seize ans…

– Moi j'aurais voulu me battre, dit Roman, ça me fout la haine de ne pas avoir eu le temps de rejoindre la défense territoriale, je suis là et au lieu de me battre je vis comme un vieillard, je me planque et j'attends… Mais j'attends quoi, putain ? Ils ont pris la Crimée et maintenant c'est tout le pays qu'ils veulent, ils veulent nous bouffer tous… Je les hais, oui.

Ils se taisent. Maintenant ils sont intimes. Et Ben est bienvenu parmi eux.

– J'ai apporté une bouteille de Clair de Lune…, dit Sofia.

– Ah, toi, je savais bien que tu trafiquais !

– C'était pour nous ou pour soudoyer les Russes après le couvre-feu ?

– Rien de tout ça, c'était pour éprouver Ben, voir s'il peut supporter notre alcool local.

Ils rient et ils trinquent sans élever la voix :

– À nous !

– À l'Europe !

– Et gloire à l'Ukraine !

– Oui ! Slava Ukraïni !

Roman a posé des couvertures sur les fenêtres pour dissimuler la lumière des bougies avec lesquelles ils s'éclairent, et quand il y a cette alerte sur leurs portables, dans la pénombre de l'appartement la lueur de leurs téléphones diffuse un message d'une profonde noirceur.

Quand ils découvrent la photo sur les réseaux sociaux, Sofia et ses amis ne connaissent pas encore le nom de cette femme. Elle est vivante et anonyme, et elle est en train d'accoucher, cela se voit, et cela se sait, la photo est légendée. Le travail a commencé un peu avant, à la maternité de Marioupol qui fait partie de l'hôpital pédiatrique, où il n'y avait pas de photographes de guerre. Où il n'y avait pas encore eu de bombardement. Il y a du sang sur la femme, et tout autour d'elle la poussière, les gravats et les ruines. Elle est allongée sur un brancard porté par cinq hommes, des secouristes sans casque, et pour certains sans gilet pare-balles. Le commentaire dit qu'ils vont dans la maternité la plus proche, près de la ligne de front. Le lendemain ils apprennent son nom : Iryna Kalinina. Et celui de son bébé, un garçon : Miron. Ils apprennent aussi qu'ils sont morts tous les deux. Ils apprennent des choses. Et ils ne savent rien. Ils sentent qu'ils ne savent rien, que le pire est à venir et impossible à imaginer. Une semaine après, les réseaux sociaux diffusent une autre information : à Marioupol des femmes enceintes évacuées de la maternité bombardée ont trouvé refuge dans le théâtre, avec des enfants, des vieillards, des milliers de civils. Devant le bâtiment, à la craie, en suffisamment gros pour que cela se voie du ciel, on a écrit : *DÉTI*. Deux fois, par sécurité. Ben ne lit pas ce mot mais il comprend quand il l'entend, c'est le mot qui revient dans la plupart des conversations, qui dit la préoccupation principale, l'inquiétude constante, et la raison de vivre.

DÉTI
ENFANTS

Deux bombes de cinq cents kilos chacune sont larguées au-dessus du théâtre. En écrivant ce mot à la craie, en pensant protéger les enfants, les adultes les ont désignés. Tout ce qui était impossible devient donc possible. Un jour la guerre arrive et elle continue. C'est inconcevable mais ça continue. Ça arrive tous les jours dans tout le pays, une guerre sans merci et sans loi, le crime à grande échelle, au nom du bien.

Le monde entier voit cette photo, et Ben reçoit plusieurs messages de ses amis français, comme si Kherson était Marioupol, qui se confond ensuite avec Boutcha, Karkhiv, Donetsk, des villes, des régions dont ils apprennent les noms et d'où jour après jour leur parviennent d'autres photos, d'autres reportages, et la frontière se fragilise entre ce qui arrive *au loin*, et ce qui arrive *où est Ben*. En Ukraine, ce que la pensée refuse devient réel. En Ukraine, les femmes, les enfants, les hommes sont des jouets sur lesquels s'exerce une domination illimitée, l'autorisation et l'encouragement à la cruauté y rendent toutes les expériences possibles. En Ukraine, ce pays nouvellement apparu dans leurs vies quotidiennes, se trouve leur ami, Ben. Et, comme le reste du monde, ils s'informent. Mais au fil des jours et des révélations, s'informer devient perturbant. Alors ils arrêtent. Mais la guerre ne s'arrête pas. Alors ils recommencent. Ils s'informent de nouveau, de nouveau ils regardent, ils écoutent, et il leur faut bien admettre que ce qui les concerne, au-delà de leur ami dans ce pays en guerre, au-delà de cette guerre, c'est le mal. Maintenant ils sont avertis. Les hommes ordinaires sont des criminels. Les hommes sains de corps et d'esprit, les bons fils, les fiancés romantiques, les pères rassurants, ces hommes-là violent des bébés et éventrent des femmes. C'est leur devoir de soldats. La stratégie militaire enseignée et appliquée. Tout ce qu'on peut faire à un civil, tout ce qu'on a du mal à simplement comprendre, ce à quoi la pensée ne s'adapte pas, se fait et se répète, à grande échelle, chaque jour et chaque nuit de la guerre. Et maintenant tous le savent : la barbarie n'est pas bestiale. Elle est humaine. Ils écrivent, *C'est de la barbarie*. Mais une fois qu'ils ont écrit ce mot, ils ne savent plus quoi en faire.

En même temps que sa confiance, Katia a donné à Ben les clefs de l'appartement de son frère, Piotr, parti pour Nice au lendemain de la guerre et qu'elle a refusé de suivre. Ben a décidé de rester à Kherson, le temps que les routes pour le retour soient moins encombrées, et peut-être aussi moins dangereuses.

L'appartement est clair, et c'est cette clarté de fin d'hiver, douce et rasante, que Ben remarque en premier quand il y entre avec Katia, ce matin-là. Mais elle a le réflexe de tirer les rideaux et tout devient plus mystérieux, plus mélancolique aussi. C'est un lieu que l'on a quitté. À contrecœur.

– Mon frère était retraité de la marine marchande, il était chef mécanicien… Et comme tu peux le voir avec toutes ces maquettes et ces tableaux de navires sur les murs, la mer, c'était sa passion…

– Tu n'as pas été tentée de partir avec lui ? Il est à Nice, c'est ça ?

– À Nice, oui… Mais on s'entendait mal, Piotr et moi, et pour rien au monde je ne l'aurais suivi, il était dur avec

Olena… La plupart de mes amis sont partis… Moi j'avais peur, dès le début de la guerre, tout de suite, j'ai eu peur… Partir seule de mon côté avec la petite, non, ça n'était pas possible… J'avais… je pourrais dire que j'avais ce pressentiment, oui… j'avais peur qu'on se perde, Olena et moi. Beaucoup de gens se perdent sur les routes de la guerre…

Elle met sa main sur sa poitrine, elle a du mal à respirer, Ben la fait asseoir, et pose sa main sur la sienne.

– Ici il y a eu des évacuations, comme tu sais… Mais dans les camps de filtration quand les adultes sont interrogés et enregistrés par les Russes, certains sont séparés de leurs enfants, je le sais parce que… Oh, Ben… Mon amie Maryna a perdu son petit-fils, oui, tu as bien entendu : perdu ! Au camp de filtration, on l'a fait monter dans un bus et lui dans un autre, mais ils ne se sont pas rejoints à Kyiv comme on le leur avait promis. Elle l'a attendu longtemps au point de rendez-vous, jusqu'à ce qu'on lui demande de partir, et elle est repartie, toute seule, sans son petit-fils… Vadym, il s'appelle Vadym. Mais dis-moi, Ben… dis-moi…

De nouveau elle s'interrompt, reprend son souffle, inspire un peu d'air, un air nouveau :

– La fille de Maryna était à Kyiv, pour un congrès de médecine, ils devaient la rejoindre dans un village à l'ouest du pays, ils avaient des amis là-bas, qui voulaient les accueillir. Pourquoi Maryna ne s'est pas méfiée quand les Russes l'ont séparée du petit ? Tu sais, tous les jours je me demande : mais qu'est-ce qu'on dit à sa fille, mon Dieu, qu'est-ce qu'on dit à sa fille quand on arrive sans l'enfant ?

Elle regarde Ben comme si étrangement il avait, lui, une information que les autres n'avaient pas, comme si une parole d'espoir était possible qui n'avait pas encore été prononcée. Et elle ajoute, peut-être pour l'encourager à le faire :

– S'ils avaient ramené les enfants ici, en zone occupée, tu crois qu'on le saurait ? C'est possible qu'ils aient fait ça puisqu'ils disent qu'ici c'est la Russie… Je te montrerai la photo du petit, on ne sait jamais, hein, si tu le vois quand tu sors dans Kherson… C'est folie de penser ça je le sais… Mais tout est folie aujourd'hui dans ce pays, non ? Il ne faut rien dire à Sofia… Vadym était l'ami d'Olena, ils allaient à l'école ensemble. Mais peut-être que Sofia le sait déjà… On se tait, hein… pour ne pas s'effrayer les uns les autres… Ça ne sert sûrement à rien, mais on se tait encore un peu.

Plus tard elle lui montre une photo prise à la fête de fin d'année à la maternelle où Olena allait et sur laquelle on voit Vadym au milieu d'enfants déguisés : les filles en fleurs, les garçons en abeilles. Ben regarde le petit avec son pantalon noir, son tee-shirt rayé jaune et noir, son visage grimé et ses deux petites antennes sur la tête. Il sait qu'il lui serait impossible de le reconnaître aujourd'hui. La photo est floue. L'enfant a grandi. Il promet à Katia qu'il sera attentif, et il la remercie pour sa confiance, et aussi pour l'appartement de son frère. Il est situé dans le centre, entre la place de la Liberté et le fleuve, deux courants différents, deux points forts de la ville. Ben y voit, au-delà des maquettes de bateaux, des tableaux et des livres sur la mer, l'empreinte des gestes de cet homme qu'il ne connaît pas et qui semble être parti si vite : la vaisselle sur l'égouttoir, le creux sur l'assise du canapé, le calendrier toujours en février.

Ainsi la ville est envahie par deux présences inévitables : les Russes et les fantômes des absents.

Quelques jours plus tard, Ben reçoit un message vocal de Jimmy. Il retrouve avec émotion la voix de son frère, éraillée, au débit saccadé, Jimmy parle comme il marche, avec une précipitation discrète :

– Comment vas-tu, frérot, je m'excuse de pas avoir répondu à tes messages, j'ai veillé une jument qu'on a récupérée dans un sale état on peut le dire, ses plaies étaient infectées elle a failli avoir une septicémie, bon elle est sauvée maintenant, et heureusement la véto facture très peu le refuge, mais les antibiotiques ont coûté une blinde… Bon je voulais pas te parler de ça, je voulais te demander si tu te souvenais de Marlon et de Jessica, les petits du foyer ? Ils étaient les plus jeunes, et le petit garçon pleurait tout le temps, il avait perdu son doudou, ça me faisait une peine immense… Tu te souviens de ce que je t'avais demandé ? Je t'avais demandé si tu pouvais les consoler ? Et tu l'as fait ! Et tu sais comment je le sais ? Parce que Jessica me l'a dit. On s'est retrouvés via un groupe sur Facebook… Oui, j'ai beau être un peu sauvage tu vois j'ai des amis, et rassure-toi, pas seulement virtuels ! Elle ne vit pas avec son frère, ils n'ont jamais pu être ensemble, pas de places dans les villages pour enfants, bref ils se voient parfois aux anniversaires, ils ne s'entendent pas très bien, c'est compliqué je crois. Jessica a quatorze ans maintenant, elle est au collège, en quatrième, c'est fou, non ? Elle m'a dit que tu l'avais consolée, parce que maintenant grâce à ton association, elle se dit que dans quatre ans, elle ira pas forcément rejoindre tous les copains qui zonent sur les trottoirs et crèchent dans les halls d'immeubles et dans sa tête elle fait déjà la déco de son futur studio ! Elle m'a dit qu'elle aura jamais droit à un contrat jeune majeure d'après ce que j'ai compris elle a fugué et plus d'une fois du foyer, pas de celui que tu connais, un autre enfin plusieurs autres, elle a fait dix placements et elle est dans un département qui ne donne pas une thune… Elle m'a dit, Grâce à Ben j'ai de l'imagination, je m'imagine plus tard, je me vois, j'ai ma vie. Comme quoi, mon Ben, on n'est pas obligé de prendre les gens dans ses bras pour les consoler. Je m'arrête là, ce message est long, et je sais pas si tu entends mais ça cogne contre les box, c'est l'heure du repas et les bêtes sont comme nous elle aiment pas attendre !

Il y a un petit temps avant qu'il ajoute :

– Je lis les journaux, crois pas, je regarde les infos, on parle beaucoup de l'Ukraine. Ça fait bien trois semaines que tu y es, non ? J'ai hâte que tu rentres, ça me travaille tout ça, je me dis qu'en fait, y a aucune évidence à la paix, hein ? On croit que la guerre se passe ailleurs, mais ailleurs se rapproche je le sens, c'est comme si c'était là, sur le seuil de nos maisons. Je crois pas qu'on l'ait encore compris… Pourtant Poutine l'a dit, hein, cette invasion pour lui, c'est juste « une étape »… Ça fout les jetons quand on y pense. Allez ! Je t'embrasse, frérot.

Chaque jour à midi Ben accompagne Sofia, Roman et Maksym sur la place de la Liberté où ils rejoignent des milliers de civils qui refusent l'occupation. Ils n'ont pas d'armes et pas d'uniformes. Leurs visages ne sont pas masqués. Ils se tiennent face aux militaires, brandissent des pancartes « Kherson est l'Ukraine », agitent le drapeau de leur pays, et avec ou sans mégaphones, ils crient leur refus de céder :

– Poutine, t'es foutu ! Russes, fascistes ! Rentrez chez vous !

Les soldats répondent :

– On est chez nous !

Ils tirent quelques coups en l'air, comme pour clore l'échange. Mais les habitants ne se découragent pas :

– Barrez-vous en Russie !

– Mais ici c'est la Russie, connards !

Cette opposition-là, visible et quotidienne, n'était pas prévue par l'armée russe, alors ces manifestants chaque jour sur la place, les soldats les laissent faire. Ils finiront bien par se lasser.

Mais ils ne se lassent pas. Et bientôt ce n'est plus seulement le matin, c'est dans la journée et parfois aussi la nuit que les manifestants viennent affronter les soldats, bravant le couvre-feu. Eux répondent par des grenades assourdissantes, tirent dans la foule, la fendent à coups de matraques. Ben accompagne ses amis, en témoin, en soutien. C'est une force policière imparable face à une population courageuse, engagée dans l'affrontement et le crescendo de la révolte et Ben sait bien qu'une fois la violence lâchée c'est trop tard, c'est un cheval emballé qui court au-devant du danger, et l'accroît. Il y a peu de photos, et peu de vidéos de ces manifestations, les manifestants renoncent à prendre avec eux leurs téléphones, systématiquement confisqués par la police. Mais d'eux, beaucoup de photos sont faites, archivées, et listées par les agents du FSB, et les collabos n'ont aucun mal à les identifier.

Ce soir-là, après une journée de manifestations, d'offensives, de retraits, de charges et de reculs, les affrontements reprennent avec une brutalité inédite. Les soldats chargent et tirent sans temps d'arrêt, et très vite, sur la place et dans les rues, il y a de nombreux blessés, et des morts, des silhouettes face contre terre, recroquevillées, comme disloquées. On transporte les corps dans de grands drapeaux ukrainiens, sur des brancards improvisés, ou tout contre soi, dans le bruit incessant des armes automatiques auxquelles les manifestants répondent par des jets de pierres, de pavés, de grenades artisanales.

Ben ne voit plus Roman, ni Maksym, ni Sofia, il fait sombre déjà et le ciel est couvert d'une poudre noire qui descend dans les rues, poisse les drapeaux bleu et jaune qui gisent, déchirés, sur le bitume. On n'y voit plus à un mètre. Les sirènes de police retentissent. Un cercueil en carton, dans lequel l'effigie de Poutine est dessinée, est renversé et piétiné par la foule qui court.

Et soudain il y a cet homme devant Ben, qui tombe lentement, comme une chute au ralenti. Ben se penche sur lui et le relève, c'est un homme âgé d'une cinquantaine d'années, sa jambe saigne, traversée par une balle. Ben le porte, et va, du plus vite qu'il le peut, s'abriter dans une petite rue derrière la place. Il s'assoit par terre, l'homme contre lui, pose un garrot de fortune sur sa jambe, lui donne à boire, met du collyre dans ses yeux, il a ces produits dans un sac à dos, un réflexe acquis depuis les manifestations de sa jeunesse. La rue sent le soufre, le plastique fondu et l'essence, des odeurs que le vent traîne jusqu'à eux. Les tirs se font plus rares. C'est le début de l'accalmie, de la retraite et de la désolation. L'homme grimace de douleur, sans une plainte. Ben pose sa main sur son front brûlant, le sang bat contre sa paume, l'homme a de la fièvre et il respire difficilement à cause des gaz inhalés. Ben le garde contre lui, cet homme pourrait être son père, celui qu'il s'imagine, l'amour des seize ans de Léa. Il le tient contre lui et il a envie de vomir, les lacrymos et l'angoisse lui retournent le cœur, s'il était né d'un viol Léa ne l'aurait pas aimé comme elle l'a aimé, il le sait. Les tirs cessent mais le silence est menaçant. Deux humanitaires surgissent. Sofia est avec eux. Ils allongent l'homme sur leur brancard, et après qu'elle l'a interrogé brièvement, ils l'emmènent, à peine Ben a-t-il le temps de croiser son regard, les yeux brûlants de celui qu'il a tenu contre lui comme l'aurait fait un fils.

Un peu plus tard, Maksym, Roman et Sofia se retrouvent chez Ben, son appartement est proche de la place et ils ont profité du désordre des rues pour braver le couvre-feu, mais la peur les saisit maintenant, loin du danger, ils sont épuisés, les nerfs à vif. Roman dit à Ben :

– L'homme que tu as aidé est fiché par la police, c'est un vétéran du Donbass, Sofia l'a interrogé, il va être soigné dans un endroit secret. Si les Russes t'avaient trouvé avec lui c'était dangereux pour toi et donc pour nous, est-ce que tu le sais ?

– Attends… Tu es en train de me dire que je n'aurais pas dû m'occuper de lui ? Que cela aurait pu vous mettre en danger ?

– Quand ils trouvent un opposant à l'annexion, les Russes l'arrêtent, lui et tout son entourage, ils débarquent chez lui et ils prennent tout le monde, à l'heure qu'il est le FSB est en train de faire le tour des hôpitaux pour ficher les manifestants.

– Je n'étais pas venu sur la place pour lancer des pierres.

– C'est bien ce que je te reproche. Tu es non violent, c'est ça ?

– Oui, je pense que la non-violence est la seule façon de lutter contre la violence.

– Oh c'est très joli ça, assez ridicule mais joli. Écoute-moi, Ben, la guerre n'a qu'une logique et elle est très simple : si tu veux vivre, il faut que tu sois capable de tuer.

– Alors peut-être que mon désir de vivre est moins fort que ma capacité à tuer.

– Ta capacité à tuer ! Mais qu'est-ce que tu peux savoir de cette capacité quand ton peuple n'est pas menacé ? Qu'est-ce que tu peux savoir du risque et de l'engagement ?

– Roman, dit Sofia, tu es pénible…

Mais Ben l'arrête.

– Laisse-le parler.

– L'héroïsme dans mon pays, aujourd'hui, c'est de se battre jusqu'à en mourir ! Se battre salement et mourir salement…

Les tirs lointains interrompent Roman, comme une illustration de son impuissance, lui qui n'est pas sur le front, qui se cache, et sur qui les Russes peuvent tirer sans qu'il puisse se défendre.

– On est tous là parce que le sang a coulé avant nous, dit Ben, on descend tous de meurtriers, je le sais, je ne suis pas non violent par innocence ou par faiblesse, mais la spirale de la violence n'est pas une solution. C'est tout. Cette guerre est née d'autres guerres, et elle va en engendrer d'autres justement parce qu'elle libère la violence, parce qu'elle donne la possibilité que ça arrive, partout.

– Prends un bus et rentre chez toi, ça vaudra mieux parce que ici les agneaux se font bouffer par les loups, c'est pas plus compliqué que ça.

Rentrer chez lui. Pourquoi Ben ne le fait-il pas ? Il ne le sait pas lui-même, mais plus les jours passent plus ce retour lui semble inenvisageable. Roman a pris son visage dans ses mains, son corps est tendu, ses doigts crispés, et la litanie des tirs qui continuent semble le soumettre plus encore. Maksym tente de l'apaiser.

– Nous aussi on est une force, Roman, et tu le sais…

– J'ai vu ces rubans jaunes partout dans la ville, dit Ben, et ces Z russes transformés en figures jaune et bleu sur les murs, je sais que c'est un signe de résistance.

– Oui, la résistance s'organise, il y a de plus en plus de réseaux, de partisans, de tous les âges et de toutes les conditions…

– On sait que tu es avec nous, Ben, et on a quelque chose à te proposer…

Roman se lève soudainement et attrape son blouson.

– Je rentre… Il est tard, ces connards vont encore me faire chier parce que j'ai dépassé l'heure…

– Vous pouvez tous dormir ici, dit Ben, on peut s'arranger, il y a le canapé et…

– Merci mais j'ai besoin de marcher. Et j'emmerde les Russes. Mais fais gaffe à ce que Sofia et Maksym vont te proposer, parce que aujourd'hui, quoi qu'on fasse, c'est dangereux… Tout est risqué, tout le monde sait que Kherson a plusieurs chambres de torture, avec des listes d'éléments subversifs, des vétérans, des profs, des religieux, des humanitaires, des volontaires… des personnes de tous les âges… Enfants, adolescents, rien ne les arrête. Et tout le monde connaît le conseil des soldats aux civils : « La collaboration ou la cave. » Tu n'as jamais entendu, quand tu passes dans certaines rues, les cris et les pleurs ? Vraiment ? Tu n'entends pas ?

– Roman, s'il te plaît…, dit Sofia.

Mais Roman continue :

– Et leurs crématoriums ambulants, c'est pas juste pour dissimuler leurs pertes, c'est pour nous, aussi, tu comprends ? Pour nous. Alors, avant d'accepter ce que Maksym et Sofia vont te demander de faire, pense à ta fiancée, à ton frère, à tous les gens que tu aimes…

– Quel bonheur de t'entendre… Tu sembles si proche, Anna…

– J'étais sûre que tu appellerais aujourd'hui, c'est fou, je n'ai pas bougé de chez moi, je voulais être au calme quand tu appellerais…

– L'électricité vient juste de revenir et la connexion est bonne, je t'entends comme si tu étais là… Tu vas bien ?

– Oui, je vais bien… Ben… Je lis dans les journaux que l'occupation est totale, toute la province… Est-ce que tu es inquiet ?

– Inquiet pour moi, tu veux dire ? Non, moi je ne risque rien.

– Je sais que tu effaces les messages que tu m'envoies, alors je les garde, et je les recopie aussi, au cas où je perdrais mon téléphone, hier je les ai relus… Tu me racontes très peu de choses, est-ce que tu t'en rends compte ?

– Non…

– Je ne pensais pas que tu partirais si longtemps…

– Parle-moi de toi, dis-moi comment s'est passé le vernissage.

– C'est demain…

– Oh, pardon… Je perds la notion du temps…

– Tu devais faire le discours d'inauguration, tu te souviens ? Est-ce que tu as écrit quelque chose ? Je pourrais le lire.

– Non, je suis désolé, je n'ai rien écrit.

– Tu as oublié ?

– Oui… Mais ce que j'aurais voulu dire pour l'inauguration, c'est le cran qu'il t'a fallu pour faire ces photos, et le cran qu'il nous faut à nous, pour les regarder… ces visages… On est obligés de les observer, une photo ça ne s'évite pas… Tandis que dans la réalité c'est tellement facile de regarder ailleurs…

– Toi tu ne regardes jamais ailleurs.

– Parce que j'essaye de connaître les gens… mais je sais que je n'en vois jamais qu'une toute petite partie…

– Une amie m'a dit que c'était morbide d'exposer des visages si vieux, elle dit que ça la met mal à l'aise…

– Tant pis pour elle, elle est libre de ne pas regarder, de ne pas venir voir. Tes portraits sont magnifiques, Anna. Un visage, c'est toujours un aveu.

– De toute façon ce vernissage m'angoisse… C'est toujours la même chose, j'ai envie d'être là et j'ai envie de disparaître. Pourquoi tu ris ?

– Je ne sais pas… C'est le bonheur de t'entendre… Tu me manques tellement…

– J'aimerais te voir… En visio…

– Moi je te vois mieux quand je t'entends, tu sais bien…

– De toute façon j'ai une sale tête. Je dors mal sans toi. Et toi, tu dors bien ?

– Non. Tu me manques. Et imagine-toi que mon téléphone a une appli qui me prévient des alertes aériennes. Alors j'attrape mon passeport, tous mes papiers, et je finis la nuit à la cave ou dans le couloir sans fenêtre…

– Vous êtes nombreux, à la cave ?

– Une quinzaine, c'est un petit immeuble et beaucoup de résidents sont partis. Il y a presque autant d'habitants que d'animaux dans cette cave, les chats, les chiens, et même les oiseaux que leurs maîtres n'ont pas pu emmener quand ils sont partis.

– Tu es prudent, hein, tu me le promets ?

– Oui, je suis très prudent… Et puis de toute façon, moi je suis un simple spectateur…

– Oui, oui, je sais ! Tu m'as écrit que toi tu ne risquais ni la vie de ceux que tu aimes, ni ta maison, ni l'avenir de ton pays, mais est-ce que ça donne moins de poids à ta propre vie ?

Il voudrait lui dire que bientôt il quittera Kherson, qu'il va prendre des risques, pour la première fois, mais il a promis à Sofia et à Maksym de garder cela secret.

– Tu comptes plus que tout, Anna… Je t'aime. C'est merveilleux d'aimer, d'emporter ce sentiment partout avec soi. C'est fou quand on y pense… d'aimer comme ça…

Elle ne répond rien. Elle écoute le miracle de sa respiration, et elle ferme les yeux pour se sentir plus proche encore, blottie tout contre lui, sans plus discerner son corps du sien. Il ferme les yeux lui aussi. Il la voit. Il reconnaît son odeur. Il se réfugie là, en elle, comme si c'était elle le lieu sûr, le pays, la vérité c'est cet amour, ce désir de l'autre, insoutenable et sublimé, et à trois mille kilomètres de distance, ils puisent dans cette confusion de leurs corps, dans cette intimité fantasmée, et réelle pourtant, la liberté dont ils ont besoin pour vivre.

Maksym et Ben sont partis très tôt à vélo, ils ont franchi les checkpoints, patienté dans des files interminables pour rejoindre une bourgade à quelques kilomètres de Kherson. Avant de partir Ben est allé dire au revoir à Katia et il lui a rendu les clefs de l'appartement. Elle ne lui a pas posé de questions. Elle n'en posera pas non plus à sa fille, « Moins on en sait mieux ça vaut, a dit Sofia à Ben, Tout le monde ne peut pas résister à la torture. » En regardant Olena jouer avec Ulis, le chien, Ben a pensé au texte que Sofia a traduit pour lui, celui que le philosophe russe Timofeï Sergueïtsev a publié quelques jours après la découverte des charniers de Boutcha. La dénazification était passée selon lui au plan pratique et les nazis actifs devaient être punis exponentiellement, quant aux autres, qu'il appelait les « nazis passifs », ils étaient également coupables et devaient être rééduqués. En regardant la petite fille, Ben a pensé à la phrase du philosophe : « La durée de dénazification ne peut en aucun cas être inférieure à une génération. Elle sera inévitablement une désukrainisation. » Et il a été saisi d'angoisse. Pour combien de temps Olena est-elle à l'abri ? Combien de temps va-t-elle vivre sans sortir de chez elle, sans école, sans ami, et que sait-elle de ce qui se passe vraiment ? Sofia ne parle plus de l'emmener à Paris. Sofia ne parle plus d'exil. Le pire, pense Ben, serait peut-être que l'on s'habitue à la guerre.

Maksym et Ben arrivent dans la cour d'une grande maison en brique, ils cachent leurs vélos derrière le jardin, sous des bâches au fond de la cabane à outils. Une femme les accueille avec un soulagement évident. Elle leur parle immédiatement en anglais, et les remercie d'être venus. Elle les précède dans la maison, et à sa suite ils traversent le bureau du directeur, puis elle leur désigne l'escalier qui monte au premier étage :

– Je ne vous accompagne pas… Je prépare le déjeuner.

Elle rit.

– Moi ! En cuisine ! Ces enfants n'ont décidément pas de chance ! Dans le civil je suis directrice marketing, et je sais à peine faire cuire des pâtes…

Ben et Maksym montent à la salle de détente d'où leur parviennent des éclats de voix, et le bruit d'une balle de ping-pong qui résonne comme si la pièce était vide. Elle est dans la pénombre, les fenêtres obstruées par des couvertures. Il y a des dessins d'enfants au mur. Un petit arbre en bois, l'arbre à bonheur, sur lequel sont accrochés les portraits des enfants dans des médaillons. Des tapis de jeu au sol. Des livres sur les étagères. Les enfants, une dizaine, bougent et parlent comme si quelqu'un dormait dans la pièce d'à côté, qu'il ne fallait surtout pas réveiller. Un homme vient à eux, il a une cinquantaine d'années, il se dégage de lui une grande assurance et une grande fatigue.

– Vous êtes Maksym et Ben ? Je suis Andrii, le directeur du foyer. Ça n'a pas été trop compliqué d'arriver jusqu'ici ?

Ils s'assoient sur des chaises posées contre le mur, des petites chaises d'enfant sur lesquelles ils semblent ridiculement grands, les genoux à hauteur de visage. Une petite fille s'approche et les regarde. Maksym traduit à Ben ce qu'Andrii dit à la petite :

– Je vous présente Maya, elle a trois ans, elle fait de très jolis dessins et elle est très sage, n'est-ce pas, Maya, que tu es très sage ?

– Ah oui…

Et comme elle continue à les regarder avec une suspicion rêveuse, Andrii explique :

– Maya est très observatrice, mais elle ne parle pas beaucoup ! Bon, moi je vais parler en anglais maintenant, c'est de toute façon plus simple devant les gamins. Maksym a dû te l'expliquer, Ben, les Russes transfèrent les enfants des foyers, ceux des instituts pour mineurs handicapés et ceux des orphelinats, vers la Russie.

– Depuis l'invasion ? demande Ben.

– Tout dépend de laquelle tu parles… Ça fait huit ans que les enfants du Donbass sont déportés, par dizaines de milliers. Moscou se vante d'avoir évacué plus de sept cent quarante mille enfants ukrainiens sur le sol russe, je ne sais pas à quoi ce chiffre correspond, s'il inclut les familles qui ont choisi d'aller vivre dans la Fédération russe, mais je sais une chose, c'est que maintenant c'est notre tour.

Il s'interrompt pour réprimander les gamins qui jouent au ping-pong.

– Pas facile de gagner au ping-pong sans crier, hein… ? Qu'est-ce que je disais ? Ah oui… On l'a compris, les Russes n'ouvriront jamais de couloir humanitaire, et quand il y a quinze jours ils m'ont proposé d'envoyer les enfants en colonie de vacances, j'ai compris qu'on était les prochains sur la liste.

– Ça, dit Maksym, la colonie… On sait que les enfants n'en reviennent pas. Daria, une amie instit, a refusé d'accompagner sa classe en Crimée… Sa collègue l'a fait pour elle, ils devaient partir quinze jours, ça fait un mois que les parents n'ont plus de nouvelles, et aucun moyen de les joindre…

– Je sais, j'ai appris ça… Il faut très vite retrouver les enfants parce qu'une fois en Russie on change leur identité et on les envoie se faire adopter aux quatre coins du pays… et Dieu sait s'il est grand. Leur commissaire aux droits de l'enfant, Maria Lvova-Belova, la fameuse « Bloody Mary », a mis en place avec Poutine un système de déportation à grande échelle, et elle ne chôme pas…

Ils se taisent. Maya les regarde comme si elle attendait la suite.

– Va jouer avec les autres, Maya. Regarde, Ivan commence une histoire.

Andrii lui désigne un jeune garçon qui fait la lecture à des enfants dans le coin bibliothèque. À côté d'eux, un autre aide une petite à faire un puzzle en bois, une fillette brosse les cheveux de sa copine. Andrii s'en amuse :

– Franchement ? Est-ce qu'on n'est pas l'exemple d'un lieu parfaitement autogéré ? Je peux vous dire que les enfants n'étaient pas aussi sages avant…

Maya se plante face à Ben et le regarde attentivement, la tête penchée elle semble l'évaluer, il éclate de rire alors elle rit aussi, et cache son visage dans ses mains.

– Quel petit clown, cette Maya ! Bon… Pour résumer, et c'est moins joyeux, depuis quinze jours on exfiltre les enfants, ils étaient quarante ici, entre trois et dix-sept ans, trente-deux ont été mis à l'abri… On était vingt à s'en occuper, on n'est plus que trois, Denys le jardinier, Marta, ma femme, qui vous a ouvert, et moi. La majorité du personnel est partie dès les premiers jours de l'invasion, l'autre habite trop loin pour prendre le risque de venir jusqu'ici, mais trois éducateurs cachent des enfants chez eux, notre pédiatre aussi, notre cuisinière, des amis. Ceux qui restent sont des gamins dont on n'est pas arrivés à joindre la famille ou qui ont une famille chez qui ils seraient en danger, sans ça… On est moins exigeants qu'en temps normal, on a remis des enfants à des familles en grande difficulté, souvent des mères seules avec qui on reste en contact…

– Comment est-ce que vous arrivez à passer les checkpoints quand vous les exfiltrez ?

– Avec un peu d'imagination et beaucoup de Photoshop ! On leur fait de faux papiers, de fausses convocations médicales… Jusqu'à présent ça a fonctionné, mais la situation se tend chaque jour, comme vous le savez. On m'a dit qu'il y avait des centaines de morts suite aux manifestations ?

– Oui, dit Maksym, et beaucoup de disparus… Des enlèvements, tout le temps, ciblés, ou aléatoires, pour maintenir la pression…

– Ben, tu sais que tout est de plus en plus dangereux pour les bénévoles ? Tu as bien réfléchi ?

Maya s'est assise par terre, contre les jambes de Ben, elle joue avec ses mains, parle à ses doigts, il sent sa respiration contre lui. Il regarde ces enfants trop calmes et trop sages, habitués aux audiences judiciaires et à l'attente. Il ne faut pas les perdre, les abandonner encore.

– J'ai bien réfléchi, oui, je reste avec vous.

– Jour et nuit ?

– Jour et nuit.

À peine Maksym parti, Andrii donne à Ben ses nouveaux papiers et ses instructions :

– Officiellement tu es un touriste bloqué ici par la guerre et tu loges chez Nina, la voisine qui habite la maison d'à côté. La nourriture, les médicaments sont pour elle, tu vas les chercher à vélo et tu les lui ramènes, tu n'as absolument rien à voir avec les enfants, tu ne me connais pas et je ne te connais pas non plus. Tu as un numéro en cas d'urgence ?

– Oui, je l'ai mémorisé et c'est le seul que j'ai, avec un nom que je ne connais pas, un pseudo pour Maksym, Sofia, ou Roman, j'imagine… C'est eux qui me contacteront si besoin.

– Parfait. Le matin il faut partir très tôt pour faire les courses, et ça prend de plus en plus de temps, je te donne des cigarettes, si les merdeux des checkpoints ne les trouvent pas sur toi tu pourras les échanger contre de la nourriture. On a de moins en moins d'argent liquide, mais ça tu le sais déjà. Demain dès que tu seras rentré des courses je partirai avec Denys et trois enfants qu'on va cacher chez un couple de musiciens, c'est un peu loin mais heureusement Denys arrive encore à trouver de l'essence au marché noir, je ne sais pas comment il se débrouille, il y a des vendeurs anonymes sur des messageries secrètes, je n'y comprends rien…

Andrii parle tout en surveillant les enfants, de plus en plus bruyants, certains se disputent, l'un d'eux tire sur les rideaux et regarde au-dehors, Andrii n'a pas besoin de le rappeler à l'ordre, un petit s'en charge très vite.

– On redescend bientôt à la cave, ils le savent sans même regarder l'heure, ça les stresse toujours…

– Ils ne sortent plus du tout ?

– Depuis que je sais qu'on est dans le collimateur des Russes, ils ne mettent plus le nez dehors, c'est trop risqué. Bon. Je reprends en vitesse et puis on descend avec eux. J'ai contacté Olga, une amie toubib à l'hôpital, elle n'est pas de garde demain mais après-demain, et elle espère avoir de l'insuline pour le petit Kostia qui est diabétique. Il lui reste peu de flacons et je préfère avoir toujours une réserve, surtout que l'insuline est de plus en plus difficile à trouver. Je t'ai fait une capture d'écran du trajet pour l'hôpital et je t'ai imprimé mon ordonnance faite maison… Tu verras c'est un peu compliqué à cet hôpital, les Russes ont nommé une nouvelle directrice, une toubib de soixante-dix ans qui a toujours travaillé à Kherson, il y a quelques jours on l'a entendue dire sur une chaîne de la télé russe, J'attendais la Russie depuis trente ans. Rien que ça ! Les gens sont prêts à tout pour sauver leur peau. Les Russes exigent de nouveaux contrats de travail pour le personnel et l'hôpital est divisé entre pro-Russes et pro-

Ukrainiens, l'administration essaye de ne pas les mettre sur le même planning, c'est pour ça qu'Olga ne travaille pas demain… Ne fais confiance à personne et parle le moins possible, crois-moi, il y a beaucoup de cellules de résistance mais beaucoup d'indics aussi…

– Est-ce que les enfants comprennent pourquoi ils doivent quitter le foyer ?

– Les plus grands savent beaucoup de choses par les réseaux sociaux, mais ici on ne parle pas de déportations, on leur dit qu'il faut partir à cause des bombardements… Quand on les exfiltre, on leur donne des consignes très strictes, mais on essaye aussi de vivre tout ça comme un jeu, le jeu du « Je mens aux Russes comme c'est rigolo »… Bon… Ça ne marche pas toujours… Enfin tu connais les gosses, Maksym m'a expliqué ton parcours. Ton petit frère était dans un foyer, c'est ça ?

– Oui, j'avais vingt-trois ans quand j'ai appris qu'il avait été placé… Ça m'a rendu fou… J'ai traversé le pays, et crois-le… je voulais le sortir de là… le kidnapper quoi ! Tu peux rire, mais j'étais sérieux, les copains avaient fait de faux papiers, on avait des planques, tout était prêt…

– Et puis ?

– Et puis… principe de réalité. Je n'ai pas enlevé mon frère mais j'ai découvert un monde…

– C'est comme ça qu'on apprend la vie, hein, par chocs successifs… Avant l'invasion je ne savais pas que j'avais du courage, j'étais même plutôt démoralisé, je me disais que j'allais arrêter le métier, faire quelque chose de moins… je ne sais pas… de moins déprimant. Marta en avait assez de ce qu'elle appelait ma « tête de témoin du malheur du monde ». Je ne lui racontais plus mes journées, d'ailleurs je ne les racontais plus à personne... Et maintenant je me demande si Marta n'est pas encore plus attachée à ces mômes que moi... Quand on parle du loup...

Marta vient à eux, son portable à la main.

– Regardez ce qui circule sur les réseaux sociaux, regardez ce que ces salauds ont décidé de montrer au monde entier !

– On a du réseau ?

– Oui, depuis vingt minutes, tu ne savais pas ? C'est filmé par les médias officiels russes.

– Fais gaffe, les écrans attirent les mômes comme le sucre les abeilles.

– Je m'occupe d'eux.

Dans le bureau d'Andrii tous deux regardent la vidéo de propagande. Des soldats russes sont dans un foyer pour mineurs à qui ils distribuent des sacs à dos pour y mettre leurs nouveaux livres de classe, en russe, leurs cahiers, « comme ils l'ont fait dans les écoles » dit la voix off, et puis ils leur offrent des bonbons, et des petits drapeaux russes, qu'ils leur demandent d'agiter en souriant à la caméra. Leur visite de bienfaisance se termine par un chant, l'hymne patriotique russe dans cette langue que certains enfants ont du mal à suivre, Ben le voit, ils ouvrent la bouche sans sortir un son, remuent les lèvres avec application pour pallier leur déficience, et jettent de brefs coups d'œil vers leurs éducateurs pour s'assurer que tout va bien, mais Ben voit aussi que plus ils chantent, les bonbons dans une main, le petit drapeau dans l'autre, plus leur présence s'évapore, une partie de leurs corps devient floue, pourtant ils se tiennent droits, poitrine projetée en avant, ils font exactement ce qu'on leur a demandé de faire, avec un zèle poignant. Les officiels russes semblent heureux, mais les enfants ne savent pas vraiment d'où vient cette joie, est-ce qu'ils sont contents de la bonne tenue de leur foyer, ou de l'accueil que les enfants leur font, ils sont polis et ils sont respectueux, ils sont très bien élevés, est-ce que ça se voit ? Est-ce que tout se passe comme il faut ? Plus Ben les regarde plus il trouve étrange que ces gamins puissent se tenir au garde-à-vous et s'évanouir en même temps… Où est leur esprit tandis qu'ils chantent l'hymne national d'un pays qui n'est pas le leur ? Ben voit la peur de leurs éducateurs, mon Dieu, ils pensent peut-être, Ça a commencé, ça arrive, comment a-t-on fait jusque-là pour ne pas y croire ?

Quand l'hymne russe est terminé, la voix off annonce : « Nous sommes là pour toujours, il n'y aura aucun retour vers le passé. »

Frérot, un petit mot pour accompagner cette photo. Tu reconnais Jessica ? On s'est revus, on se l'était promis sur Facebook… On a l'air heureux sur ce selfie, mais en fait on ne l'était pas. Très vite on n'a plus su quoi se dire, peut-être qu'on s'était tout dit déjà, en message privé, et qu'on n'avait rien d'autre à partager, c'était terminé. Je n'ai pas honte d'avoir été un enfant placé, et elle non plus, mais bon, on n'est pas une confrérie, on ne va pas se la jouer « copains d'avant »… Elle m'a demandé comment tu allais, mais quand je lui ai dit où tu étais elle n'a pas eu l'air de comprendre, de savoir vraiment où était l'Ukraine, du coup elle n'osait pas poser de questions. Ou peut-être qu'elle s'en fichait, de l'Ukraine, je veux dire, pas de toi. Chacun est dans sa bulle, hein… et chacun croit que sa bulle est la vraie, la seule valable, et puis les autres c'est rien que du savon, ça tient pas la route… Moi je crois que les chevaux sont réels, que leur souffrance est réelle, et quand je les regarde, je les comprends. Et c'est pareil pour eux, je le sais. On se fait confiance. En revoyant Jessica j'ai réalisé que j'avais pratiquement l'âge que tu avais quand tu m'as rejoint dans ce foyer ! C'est fou ! Bon : si un jour tu as besoin de moi tu m'appelles et je viendrai ☺. Je monterai sur un beau cheval blanc (si j'arrive à en trouver un pas trop vieux, pas trop mal en point), et je serai là ☺… Je t'embrasse. Jimmy

Je t'aime. Tu me manques. Je dors avec une de tes chemises. Je porte ton pull. Je mets ton parfum. Bientôt je vais te ressembler. Anna

Ben, est-ce que tu peux signer le bilan financier, j'ai rendez-vous demain avec la comptable, tu peux faire une signature électronique. Ce serait bien aussi si tu pouvais donner ton avis sur ce dossier que je t'ai envoyé il y a dix jours, Jeanne, elle n'est pas majeure mais elle vient d'être émancipée, elle a seize ans, je pense qu'on pourrait la prendre en charge, elle chante dans une chorale depuis quatre ans, chant classique et gospel aussi, elle est très structurée, enfin je te laisse lire. Je te joins un autre dossier, je suis un peu emmerdé avec cette jeune mineure isolée qui a dix-huit ans dans dix jours, la fille a un parcours terrible, tu verras, elle a quitté le Soudan, est passée par la Libye, l'enfer que l'on sait, a traversé la Méditerranée, et son éducatrice me dit qu'elle est première en tout, une élève modèle, je l'ai vue, elle s'appelle Amina, et elle me fait très peur. Elle est si souriante, si muette, si impeccable. J'ai vu la grenade en elle, le désespoir prêt à exploser, appelle-moi pour qu'on en parle, on ne peut pas tout régler par mails ou WhatsApp. Ah ! Et tu ne m'as pas dit ce que tu pensais du dossier de Michael, ce jeune majeur à qui on a trouvé un logement en cité U. C'est la première fois que le môme ne dort pas à la rue, petit il passait ses nuits avec sa mère sur des bouts de trottoirs, au mieux sur des chaises à l'hosto, ou dans le bus Noctilien jusqu'à l'aube. Étonnamment il était très bon à l'école, très motivé, mais aujourd'hui il nous cause des problèmes, les autres étudiants se plaignent, il ne peut pas fermer la porte de son studio ça l'angoisse, surtout la nuit, et sa radio est tout le temps allumée à fond, il ne supporte pas le silence, bref, ça devient un peu problématique. Allez, prends une heure ou deux pour regarder tout ça et réponds-moi. Et surtout, sois prudent, frère, joue pas trop les héros ! Mehdi.

Mon amour mon amour… ce matin j'ai dansé sur *Hungry Heart* pour toi, en pensant à toi intensément, et il m'a semblé que tu étais là. J'aime tellement quand on danse ensemble au même instant, mais séparés… Je ne me souviens plus lequel de nous deux avait eu cette idée un jour où j'étais en reportage et où on se manquait tellement… Oh, quel cafard maintenant…

Frérot, je viens de voir un reportage à la télé, une femme très belle, très jeune, commissaire aux droits de l'enfant en Russie, elle parlait avec Poutine, face à face avec lui dans un bureau. Tu as vu ce truc-là ? J'ai noté, écoute ça : Poutine lui demande : Vous avez adopté un enfant ukrainien ? Elle : Oui, c'est grâce à vous. Lui : Il est petit ? Elle : Non, il a quinze ans. Maintenant je sais ce que c'est d'être la maman d'un enfant du Donbass, c'est difficile mais on s'aime. Lui : C'est le plus important. Elle : Oui. On peut tout surmonter, n'est-ce pas ? Lui : Bien sûr.

Juste avant qu'elle papote avec Poutine on l'avait vue descendre de l'avion avec des enfants ukrainiens, elle pleurait de bonheur, c'est ce qu'elle disait, et dans le hall de l'aéroport elle donnait les mômes à leurs nouveaux parents, mais il paraît que ces enfants ne sont pas orphelins et surtout pas russes, est-ce que c'est vrai, est-ce que c'est possible ça, d'enlever des enfants et de les faire adopter ? Dis-moi si tout cela est vrai. J'espère que tu rentres bientôt. Take care !

Ben, le gouvernement vient encore d'avoir une idée de génie ! Supprimer l'argent mis de côté par les enfants placés sur leur allocation de rentrée scolaire (même si, on le sait, la plupart n'ont jamais accès au « pécule », mais quand même ça fait presque cinq mille euros à leur majorité), bref, cette allocation leur a été supprimée, eh oui ! Remplacée par un forfait de mille cinq cents euros ! Je te laisse calculer combien l'État se met dans les poches… J'ai la rage ! Mehdi

Mon amour, tu crois que ce serait possible de le faire aujourd'hui ? Ou demain ? Danser ensemble sur *Hungry Heart*, au même instant, bouger dans la même mélodie, la même respiration, le même rythme, comme dans l'amour ?…

Comme chaque fois que le réseau est rétabli, les messages s'enchaînent, ceux qui importent le plus, au milieu de tant d'autres que Ben ne lit plus, comme si au fond, les branches de ses relations étaient aujourd'hui presque nues, tant de liens superflus, et qui s'effacent d'eux-mêmes. À ceux qu'il aime il cache beaucoup de choses, et le plus dur n'est pas de leur cacher ce qu'il vit, mais de se demander s'ils le comprendraient.

Le lendemain matin, Ben part très tôt pour aller chercher du pain et du riz. Les enfants dorment encore dans la cave du foyer. Cette nuit, couché au milieu d'eux et des trois autres adultes, tous habillés pour pouvoir fuir plus vite en cas d'arrivée des Russes, il a parlé à Anna, intérieurement, il lui a raconté où il était et pourquoi, il lui a promis de rentrer dès que cette mission serait finie, et il lui a décrit la cave avec des petites niches dans lesquelles les enfants ont mis des bancs et des couvertures, « pour être avec les grands, se calmer et avoir moins peur »… Denys a traduit pour lui ces paroles du petit Ivan. Les ados ont été fiers de lui montrer les camouflages qu'ils avaient faits pour les soldats, avec les filets de leurs cages de foot, dehors de toute façon ils n'y vont plus, ils ne connaissent plus ni les parties de ballon, ni l'odeur de la pluie, ni la chaleur du soleil, ni même la sensation de la terre sous leurs pieds. Ben a aussi décrit à Anna le nombre incroyable de dessins accrochés dans cette cave, et celui qui l'a tant ému, le jardin magique sur lequel les enfants ont écrit des vœux et épinglé des papillons en papier qui s'envoleront si ces vœux se réalisent. Ça parle de la paix, d'un ciel calme, d'anniversaires fêtés tous ensemble... Combien d'enfants depuis le début de la guerre sont nés dans les caves, les sous-sols du métro, les abris antiaériens ? Combien d'enfants grandissent sans voir l'horizon, sans même connaître l'alternance du jour et de la nuit, sans entendre le chant des oiseaux ou la grandeur du silence ?

Tout en pédalant sur cette route inconnue, Ben se sent bien, l'air frais sur son visage, l'odeur de la terre humide, celle du fleuve, et celle de la résine neuve, le matin se lève et il retrouve la beauté de la nature qui l'apaise, mais cette insouciance s'efface vite face à la réalité. Ce qu'il longe à vélo, c'est la guerre. Des maisons éventrées, des traces de tanks dans la forêt aux arbres renversés, des poteaux électriques à terre, la carcasse d'un hélicoptère... Il sait qu'il y a des cadavres dans le fleuve, que les champs sont pétris d'éclats d'obus et de mines. Elles sont dans la terre et dans la mer, des océans de flammes et d'explosions, des mers de feu, et dans les champs, et dans les terrains de jeux, les maisons squattées par les Russes puis abandonnées, des mines encore, dans les poussettes, dans les chaussures, dans les pianos, sur les stylos, les poignées de porte, sur les chats, et sur les cadavres, aussi. Partout ces explosifs qui ressemblent à des jouets, à des fleurs, qui ont la couleur de l'herbe ou celles des feuilles tombées au sol, des mines qui s'appellent « papillons ». La mort à portée de main. Et pour des dizaines et des dizaines d'années, des générations entières, l'explosion.

Et déjà, à un carrefour, c'est le premier checkpoint. Quelques sacs de sable autour d'un abribus en béton à moitié tagué, le drapeau russe accroché à son toit de tôle et deux soldats, fusil automatique en bandoulière. Ben descend de vélo avant même qu'ils ne lui fassent signe de s'arrêter. « *Vashi dokumenty !* » Il comprend cet ordre, déjà si souvent entendu, suivi par les questions habituelles : D'où venez-vous ? Où allez-vous et pourquoi ? Des questions auxquelles il est incapable de répondre en russe, essayant le français, rarement, l'anglais le plus souvent. Et parfois en vain.

Il ne voit de ces deux jeunes soldats au visage cagoulé que les yeux et bien sûr, suivant la consigne, il détourne très vite le regard. Celui qui lui a demandé ses papiers a des yeux noirs et bridés, et à travers sa cagoule, lui donne des ordres rapides, un peu agacés. Après lui avoir montré ses papiers, Ben lui tend son téléphone, tandis que l'autre soldat, à la taille de géant, demeure courbé sur le sien, TikTok diffuse des rires de filles sur une musique électro. Ben se demande qui étaient ces soldats au mois de janvier, des étudiants, des travailleurs, qui avaient peut-être des proches ici, en Ukraine, des amis ? Est-ce qu'ils pensent sincèrement lutter contre les nazis, ou ont-ils besoin de l'argent de l'enrôlement pour sauver leur famille de la misère ? Le soldat lui fait signe d'ôter son tee-shirt, de se mettre torse nu. Il cherche sur ses épaules la trace du port d'une mitrailleuse et puis soudain ce sont ses poignets et ses doigts qui lui paraissent suspects, la trace de ses bijoux, et son expression chavire, Ben voit qu'il hésite… Personne avant lui n'avait remarqué les traces à ses doigts et à son poignet. Peut-être, dans le civil, ce garçon portait-il des bijoux, lui aussi ? Peut-être osait-il cela ? L'anneau qui ressemble si peu à une alliance, Ben ne le porte plus, par prudence. Après un moment d'hésitation, le soldat l'interroge sur son tatouage, cet œil, que Ben dit être « une fleur », il a appris la traduction en russe, et celle du mot « fiancée » aussi, et soudain TikTok se tait. Le soldat courbé s'approche pour observer le tatouage. Ben pense à Jimmy, à cet amour qui les protège tous les deux. Il a froid, il sent qu'il tremble un peu, et il ne le voudrait pas, et puis il sent le crachat sur sa peau, il regarde au loin, le carrefour silencieux, les champs encore pâles, il répète, *tsvétok*, *nevesta*, fleur, fiancée, comme le début d'un poème naïf. Puis il entend les pas, lents et décidés, la voix tremblante d'une femme âgée. Quand elle arrive au checkpoint, le soldat fait signe à Ben de remettre son tee-shirt, lui rend papiers et téléphone, il peut circuler. Ben s'éloigne et regarde la vieille femme, son panier vide, ses grosses chaussures, sa veste usée. Elle se plante face aux soldats et elle les engueule, il n'y a pas d'autre mot, elle ose cela, comme si elle se trouvait face à des morveux qui auraient fait un sale coup, et Ben comprend les mots d'*enfants*, de *mères*, de *sang* et de *blé*, elle les dit comme une prière furieuse, un appel. Eux, ne réagissent pas, ils la connaissent peut-être, elle passe peut-être ici chaque matin ? Le soldat ne regarde pas les papiers qu'elle lui tend, mais d'un geste bref lui fait signe de faire demi-tour. Elle repart sans un mot, mais à reculons, comme on le fait devant les puissants, pourtant elle ne recule pas par soumission, mais pour ne pas les lâcher du regard, au péril de sa vie.

Ben se rend sur l'un de ces petits marchés qui se tiennent le matin dans les quartiers et où chacun troque ce qu'il peut, ce qui lui reste, et c'est parfois si peu qu'il semble qu'on n'a rien d'autre à exposer que son dénuement. Les premiers jours de l'invasion, devant les caméras, les soldats russes avaient distribué de l'aide alimentaire, la seule autorisée, celle qu'ils s'octroyaient après avoir pillé les magasins, pris les récoltes et vandalisé les maisons. Aujourd'hui il n'y a plus de distributions de nourriture, seulement des contrôles. Le ciel s'est ennuagé soudain et tout est gris, on dirait que l'horizon a disparu. Hier encore, pense Ben, la vie devait être belle ici, compliquée, chaotique, surprenante, mais surtout, elle vous appartenait. Les enfants naissaient et on assistait à cette chose fragile et fascinante : on les voyait grandir. On imaginait des tas de choses pour eux, on avait des projets, des rêves, même si on savait qu'ils en inventeraient d'autres. Et c'était bien.

Il y a peu de monde sur la place, et très peu de nourriture, Ben arrive trop tard. Les choses les plus intéressantes se vendent parfois de façon moins exposée, dans les rues adjacentes ou les halls d'immeubles, même si les soldats y patrouillent aussi. C'est là qu'il trouve du riz, qu'il troque contre les cigarettes, dans le courant d'air sifflant entre deux bâtiments. La transaction se fait très vite et très simplement, presque sans paroles, puis c'est la queue devant la boulangerie, immense et quotidienne. Chacun patiente, respire un peu d'air pur, échange à voix basse quelques informations, et puis rentre s'enfermer chez soi. Ben patiente lui aussi, longtemps, et il pense à Andrii qui l'attend pour partir avec trois enfants.

Quand il est enfin de retour au foyer, deux heures plus tard, il voit les traces de pneus sur les graviers. Mais la voiture d'Andrii, garée sous le porche, ne semble pas avoir bougé. La porte d'entrée est fracturée. Le silence qui l'accueille n'est pas comme hier celui des enfants prudents. C'est le calme de l'absence. Il y a de la boue dans le couloir, et dans le bureau d'Andrii les ordinateurs ont disparu, l'armoire est renversée, des feuilles de papier jonchent le sol, certaines portent la trace de grosses chaussures. Ben monte à la salle de détente. Elle est vide. À part les traces de boue sur le lino, tout est intact. Les enfants ne devaient pas s'y trouver quand on a fait irruption au foyer. Dans le réfectoire les petites chaises sont renversées, des carafes d'eau brisées, il ramasse une peluche et un bracelet en perles de plastique rose… Instinctivement, il regarde par la fenêtre, comme s'il allait voir les enfants dehors, marchant ensemble. Puis il entend quelqu'un derrière lui, c'est Andrii :

– Viens m'aider.

Dans la salle de détente, ils poussent l'armoire qui dissimule la trappe qui mène à la cave :

– Heureusement que j'ai été alerté, j'ai eu deux minutes pour les faire descendre du réfectoire et pousser le meuble. Les Russes viennent juste de repartir, tu les as peut-être même croisés sur la route.

Ils pleurent. Même les plus grands. Ils sont assis dans la pénombre, sur les coussins de la salle de détente, et Ben leur donne du pain frais, dans lequel Marta a glissé un bout de chocolat qu'elle gardait pour l'anniversaire d'Anton... Mais de toute façon, Anton part aujourd'hui, avec Valentin et Larysa. Les enfants savent qu'ils ne seront pas séparés, ils vont chez des gens qu'ils ne connaissent pas, comme une nouvelle famille d'accueil, encore une, mais tous les trois. Ils savent que certains sont rentrés dans leur famille, ils savent aussi pourquoi eux ne le peuvent pas. Le monde des adultes est plein d'incertitudes et de revirements, c'est comme ça. Anton vérifie plusieurs fois que sa photo est bien sur l'arbre à bonheur : c'est lui, il y a quelques mois, sa première dent venait de tomber, aujourd'hui il lui en manque trois et il a pris cette habitude de se mordre et de regarder la trace sur sa peau, depuis la guerre cette habitude est devenue un tic.

– Personne va prendre ma place sur mon matelas, hein ?

– Bien sûr que non, personne ne va prendre ta place, Anton.

– Vous allez m'attendre longtemps quand même ?

– Évidemment qu'on va t'attendre, et tout le temps qu'il faudra.

Mais Anton n'est pas rassuré, il vérifie une fois encore sa photo sur l'arbre à bonheur. Et aussi la trace de ses dents sur sa peau.

Andrii refuse que les enfants sortent de la salle de détente tant que son bureau n'est pas rangé, pas question qu'en le traversant pour sortir ils voient le saccage. Mais il faut faire vite, l'exfiltration ne peut plus attendre, quant aux quatre autres qui restent, la solution est en bonne voie. En vitesse, tant bien que mal, Ben et Denys remettent en ordre le bureau. Denys montre à Ben la caméra de surveillance accrochée dans un angle du plafond.

– Celle-là, ils ne l'ont pas vue et ils n'ont pas pu la détruire, mais elle, elle a tout enregistré. Un jour, on balancera ces images, crois-moi. J'étais descendu à la cave avec les mômes quand ils sont arrivés. C'était flippant, je te jure. On entendait les chiens et cette putain de question que leur chef posait en gueulant : « Où sont les enfants ? » Il n'arrêtait pas de répéter ça : « Où sont les enfants ? » Et nous en bas, on mourait de peur. Et tu sais ce que ce fils de pute a dit à Andrii, en remontant dans sa voiture ?

– Oui, je sais. Il lui a dit : « Ils sont à nous. » Et aussi : « On reviendra. »

Et maintenant les enfants vont se séparer, Ivan, Klara, Kostia et Maya disent au revoir à Valentin, à Anton et à Larysa qui s'en vont. Valentin, le plus âgé, a seize ans, un visage rongé par l'acné, de grands bras maigres qui étreignent les uns après les autres les camarades qui restent au foyer. Et puis soudain ils forment un bloc, les sept enfants, ils s'agglutinent, bras enlacés, visages penchés en avant, et Ben les entend murmurer ce qui ressemble à des promesses. La petite Maya disparaît presque dans cette étrange mêlée, sa tête n'arrive qu'à la hauteur de leurs jambes, mais elle les tient avec ferveur, lèvres rentrées, serrées très fort, yeux clos, elle y met toute la force qu'elle peut.

Dehors les enfants plissent les yeux, déshabitués de la lumière du jour. Ils regardent le ciel, vérifient qu'il n'y a pas d'avions, pas d'hélicos, pas de drones, instinctivement Larysa met ses mains sur la tête, pour si « le robot la cherche ». Ils ne respirent pas la première bouffée d'air, ils l'avalent, une bulle fraîche qui leur coupe le souffle. En vitesse Valentin ramasse un petit caillou et le fourre dans sa poche.

Depuis le seuil du foyer Ben et Marta voient la voiture s'éloigner et disparaître. Marta murmure :

– Qui aurait cru qu'un jour ces enfants seraient transformés en butin de guerre ? Que l'ennemi les voudrait autant que nos terres, nos villes et nos mers ?

Ils descendent à la cave avec les enfants, Marta leur explique qu'ils y resteront toute la journée, ils y prendront aussi le dîner :

– Ce soir on pique-nique ici ! On va mettre une belle nappe par terre et on organisera une veillée aux bougies.

Assis sur un petit banc, Ivan dessine, son cahier sur les genoux, sans lever les yeux, des coups de crayon précis et nerveux, Klara a mis ses écouteurs et regarde le mur de la cave comme si elle le voyait pour la première fois, ses yeux noirs grands ouverts, dans une sorte d'étonnement hypnotique. Maya les regarde et décide d'imiter leur humeur, elle s'assied en tailleur, bras croisés, un peu renfrognée, elle guette la réaction de Marta. Mais c'est Ivan qui demande :

– Mais on va aller où, nous, après ? Quand Andrii et Denys seront revenus, ils vont nous emmener où ?

– Moi je vais chez Papy, dit Kostia, j'ai de la chance.

– Ah moi aussi…, dit Maya. Chez ma maman…

Marta explique :

– Vous irez tous les quatre comme les autres, dans un endroit tranquille, et puis quand les Russes seront repartis, on se retrouvera tous ici, comme avant. Andrii vous l'a expliqué, déjà.

– Et Ben ? demande Ivan.

– Dis-leur que je rentrerai chez moi en même temps que les Russes !

En voyant Ivan et Kostia rire, Maya rit aussi et Klara ôte ses écouteurs.

– Dis-leur aussi que quand je reviendrai, parce que moi contrairement aux Russes, je reviendrai, ce sera pour passer une journée au bord de la mer, ou au bord du fleuve, avec eux…

Marta traduit encore, les enfants approuvent, et Ben tend la main. Tous checkent avec lui, et Maya frappe plus fort que les autres. Ben ne connaît pas encore l'histoire de chacun, mais il sait que Maya parle de sa maman sans avoir aucune idée de ce que ce mot représente. Elle n'a jamais vu la sienne. Andrii a demandé plusieurs fois à la jeune femme d'envoyer sa photo pour que les éducateurs puissent parler d'elle à Maya, mais elle ne l'a jamais fait. Bien que majeure, elle vit toujours chez ses parents, et si ses sœurs et sa mère connaissent l'existence de la petite, son père l'ignore. Toutes vivent dans la hantise de sa réaction, s'il l'apprenait. La grand-mère téléphone parfois, pour prendre des nouvelles de Maya.

– Je monte ranger le réfectoire et la cuisine, dit Marta. Je te les confie…

– Tu ne préfères pas que je monte à ta place ?

– Non, c'est important que les enfants apprennent à te connaître, et pour tout t'avouer, j'ai besoin d'être seule, la visite de ces salauds m'a vraiment secouée, j'ai eu tellement peur… Tu sais, quand Andrii a demandé au gradé qui s'est présenté comme « le représentant du président russe chargé de mission humanitaire », quel était son nom, il a répondu : « On m'appelle GPS. Parce que je trouve toujours ce que je cherche. »

– Peut-être… Mais il a bien fallu que quelqu'un lui donne une indication, à ce GPS…

– C'est sûr… Ne te fie à personne, crois-moi, même pas à tes amis… Allez, je monte chialer un bon coup, ça ira mieux après !

Ben n'ose pas lui dire qu'elle pourrait pleurer ici, devant ces enfants, parce qu'ils sont dignes d'être pleurés mais ils ne le savent pas. Il les regarde jouer aux cartes, assis sur les matelas au sol. Kostia semble fatigué, Andrii lui a dit que l'enfant était diabétique et se faisait lui-même des injections d'insuline. Ben espère que le stress n'a pas perturbé son taux de glycémie. Kostia est persuadé qu'il va aller vivre chez son grand-père même si on essaye de le préparer à une autre solution. Après l'invasion le vieil homme a demandé à le prendre chez lui, mais maintenant il ne répond plus au téléphone. Cet homme de soixante-quinze ans, qui avait enseigné la littérature comparée à la faculté de Kherson, adorait son petit-fils, et sa fille, internée en psychiatrie et à qui il apportait chaque jour à manger. Il était impensable qu'il ait quitté le pays. Pour jouer aux cartes, Klara a posé son téléphone et arrêté sa musique, elle a pris Maya sur ses genoux, Ben se demande où elle a appris ce geste protecteur, elle dont la mère a été signalée aux services sociaux dès sa naissance, pour avoir éteint la couveuse dans laquelle, née prématurée, Klara était placée, et pour avoir essayé de lui faire manger des pruneaux. Klara la voyait parfois en visite médiatisée ou en visio, un lien blanc, comme si l'enfant était toujours derrière cette vitre du service des prématurés, comme si la présence maternelle n'était rien d'autre qu'une grande erreur. Chaque enfant a son espoir, Ivan parle sans cesse de la Pologne, dessine toute la journée ce qu'il en sait et ce qu'il en imagine, sa famille d'accueil a fui à Varsovie au lendemain de l'invasion, n'ayant pas les papiers pour l'emmener avec elle, sa tata l'a confié au foyer. Tous deux se parlent au téléphone, promettent de se retrouver très vite. Ben regarde les enfants jouer aux cartes en parlant bas, raisonnables et fatigués, et il le sait, maintenant ils vont vivre avec l'expérience de la hantise comme avec une seconde peau. Pour eux la guerre continuera bien après l'armistice. GPS et ses hommes armés, ses chiens et ses indicateurs, jamais ils ne les oublieront. La guerre, c'est pour la vie.

C'est la première fois qu'il y va, il lui apporte un peu de pain et de riz, les enfants eux ont dîné, et Marta leur lit des histoires pour les préparer au sommeil. Quand Ben frappe chez Nina, la voisine de la maison d'à côté, elle lui ouvre très vite sa porte, et malgré la pénombre, les fenêtres protégées par des panneaux de bois, il voit le prodigieux désordre de la pièce, comme si elle était à la fois cuisine improvisée et salle à manger sens dessus dessous : bassines, bibelots, cendriers, réchaud à gaz, bocaux, papiers administratifs et vaisselle, tout est posé ensemble. Elle fait entrer Ben, lui propose une tasse de thé, verse de l'eau chaude sur un mélange d'herbes et lui parle. Il ne comprend pas ce qu'elle dit, elle le sait et elle lui parle d'autant plus, sans prudence aucune, et puis elle lui fait signe qu'ils doivent sortir et il la suit derrière sa maison, et soudain elle s'arrête, les mains dans les poches de son gilet elle se plante face à l'horizon et elle attend. Entre deux tirs au loin, les oiseaux chantent. À chaque fois Nina hoche la tête, comme si elle était fière d'eux. Elle se tourne vers Ben et le fixe de ses petits yeux perçants, regarde loin en lui, le plus loin qu'elle peut, semble satisfaite de ce qu'elle perçoit, puis de but en blanc elle lui dit au revoir et rentre chez elle. Il reste seul face à la forêt, au foyer, cette masse sombre en contrebas, c'est la maison des enfants. Il aimerait voir la voiture d'Andrii apparaître. Il devrait déjà être rentré. Ben aimerait recevoir un message qui lui dirait que tout va bien. Il aimerait savoir ce qu'il doit faire s'il ne revient pas. Bientôt ce sera la nuit, l'heure où les combats reprennent, où la guerre transforme la jeunesse en patriotes armés, où les feux crachent la destruction. Et où les fils meurent.

Il se réveille plusieurs fois cette nuit-là. La petite Maya est venue se réfugier dans ses bras, Ivan s'est blotti contre Marta, tandis que Klara et Kostia tiennent contre eux une couverture roulée en boule, chacun a trouvé un point d'appui, un moyen d'échapper au vide autour, mais il a été difficile de les endormir, leurs jambes gigotaient sous la couverture, Ivan chantonnait tout bas une chanson rageuse, toujours la même, qui agaçait les autres. On dirait qu'on est plus nombreux que les autres nuits, a dit Marta. Et c'était peut-être vrai. L'amour fait vivre les absents, et la peur revenir les méchants, et une fois les enfants endormis, aucun n'a disparu.

La nuit est longue et les heures pesantes, Ben essaye de penser au jour où il retrouvera Anna et Jimmy, mais cette émotion l'oppresse, alors il imagine des choses plus légères, prendre un café en terrasse, regarder le soleil se lever, s'allonger sous un arbre, laisser jouer le hasard... Et la nuit passe ainsi, lourde et lente, avec des envies d'insouciance, et avec les enfants endormis les uns contre les autres, comme des petits animaux à peine nés.

« Je me damnerais pour pouvoir fumer. » Marta est réveillée. L'aube point à travers le soupirail de la cave mal obstrué par un tissu cloué sur le mur de salpêtre.

– Tu peux sortir, lui dit Ben, il fait presque jour, on ne verra pas le bout de ta cigarette, et on n'est quand même pas sur le front.

– Non. On n'est pas sur le front. On n'est nulle part.

– Tu auras peut-être du réseau, dehors.

– Oui… et une foule de messages rassurants d'Andrii… Je pense même que je vais rapporter des brioches. Une ou deux pour toi ?

– Trois !

Ils aident les enfants à sortir de la cave pour aller se laver en économisant le peu d'eau qu'il reste, et puis les font redescendre aussitôt pour le petit-déjeuner. Le taux de glycémie de Kostia a encore monté, rien ne semble étancher sa soif, il boit, urine, boit de nouveau, alterne les allers-retours entre les toilettes et son matelas où il s'allonge, épuisé. Marta lui fait sa piqûre d'insuline et prend Ben à l'écart :

– Il reste très peu d'ampoules au frigo…

– Andrii m'a donné une ordonnance, je dois aller en chercher ce matin, tu n'as aucune raison de t'inquiéter.

– Si, je suis inquiète, et je ne comprends pas pourquoi Andrii ne me donne toujours pas de nouvelles.

– Denys et lui ont peut-être fermé leurs portables pour ne pas être bornés.

– Ils devaient être de retour dans la soirée, c'est ce qu'Andrii m'avait dit.

– Il est toujours très prudent, fais-lui confiance.

– Regarde… C'est pas Nina, la vieille d'à côté qui vient vers nous ? Elle est folle, elle sort tout le temps, un de ces jours elle va nous faire repérer. Reste avec les mômes, je vais voir ce qu'elle veut.

Marta revient très vite, prend Ben à part, par réflexe, même si les enfants ne comprennent pas l'anglais.

– Les Russes viennent de transférer quatorze orphelins de Kherson, des bébés…

– Mais comment est-ce qu'elle le sait ?

– C'est dans la presse d'État. Kirill Stremooussov, le chef de l'occupation russe à Kherson, a lui-même revendiqué le transfert de ces bébés au centre Yolochka en Crimée.

– C'est quoi ce centre ?

– C'est soi-disant pour les enfants handicapés et ceux malades du sida, mais en réalité, Nina me dit que c'est un camp de concentration, les enfants y ont toujours été victimes de violences, maltraités, sous-alimentés et déshydratés. C'est horrible…

– Les petits ne peuvent plus rester au foyer, c'est trop dangereux. Tu crois que Nina a une cave ?

Nina a bien une cave, et elle accepte d'y cacher les enfants, étonnamment celle-ci est moins en désordre que la pièce où elle vit, où elle dort aussi, son lit derrière un rideau. Ben prend les matelas des enfants et les descend dans ce sous-sol, avec quelques affaires, doudous, objets familiers, mais quand ils découvrent le lieu les enfants sont effrayés. C'est minuscule, c'est poussiéreux, et ça sent mauvais, ils remontent en rouspétant, même Kostia malgré sa fatigue, et il jure de le dire à son papy et qu'il ne sera pas content, Maya dit que sa maman aussi elle sera pas contente, et Klara dit qu'elle préfère que les Russes la voient, que les bombes du ciel la trouvent, plutôt que de dormir cette nuit dans cette cave. Ivan tente de cacher ses pleurs et sa colère. Mais Nina ouvre la porte dissimulée derrière un rideau près de son lit et leur fait signe de venir. Ils s'approchent prudemment et regardent depuis le seuil. Puis en se tenant par la main, tous les quatre disparaissent dans la remise d'où parviennent de faibles miaulements, pareils à des bâillements minuscules.

– Ils sont nés il y a trois semaines, dit Nina, vous pouvez les toucher.

À l'accueil du service pédiatrique, Ben présente ses papiers à la secrétaire. Elle lui dit en français :

– J'adore Paris. Qu'est-ce que vous faites ici, vous êtes fou ?

– J'étais venu en vacances, et je suis retenu par l'opération militaire spéciale.

– Les promenades romantiques au bord de la mer, ce sera pour une autre fois… Vous venez visiter quelqu'un ?

Il lui présente l'ordonnance d'insuline, lui dit que c'est pour sa logeuse, elle rit :

– Vous ne lisez peut-être pas le cyrillique, ici c'est la pédiatrie.

– Oui, bien sûr… Mais je dois aller en pédiatrie, en néonatalité, c'est là qu'on me donnera ce médicament.

– En doses pédiatriques ? Pour votre logeuse ? Vous êtes un bénévole ?

– Non. Je suis là, c'est tout.

– Personne n'est là et c'est tout.

Elle regarde l'ordonnance encore une fois, les papiers

de Ben, prend quelques notes, lentement, le temps s'éternise, et enfin elle lui rend le tout :

– La néonatalité c'est au troisième B, les ascenseurs sont derrière vous mais prenez les escaliers, c'est plus sûr.

Olga n'a pas beaucoup de temps à accorder à Ben, et surtout pas d'insuline. Elle s'excuse, parle vite en lui donnant un flacon de Doliprane 200 et des comprimés d'amoxicilline à l'unité, c'est rare et précieux, et elle lui dit qu'elle préfère qu'il ne revienne pas, ni demain ni un autre jour, dès que par miracle ils ont de l'insuline elle se débrouille pour que quelqu'un la lui fasse passer, c'est promis.

Ben est atterré par cette mauvaise nouvelle. Il reste à Kostia des ampoules d'insuline pour quelques jours seulement, et il faut trouver un moyen de s'en procurer au plus vite. Il prie pour qu'Andrii soit de retour au foyer et lui donne le contact d'un autre toubib ou d'une clinique, et il a hâte d'être auprès des enfants. Il se dépêche de rentrer. Dans ce service de néonatalité la tension était oppressante, et le personnel lui a semblé aux abois. Sur la route, entre les nids-de-poule, les branches à terre, les piétons, les voitures, il trace, l'envie qu'il a de gueuler sa colère il la met dans ses jambes, dans ses bras, dans son souffle, et bientôt il arrive à un checkpoint, cela va vite, les deux camionnettes devant lui passent sans problème, et la voiture aussi, il est en sueur quand il arrive devant les soldats, il tend ses papiers, attend les questions, D'où venez-vous, où allez-vous et pourquoi ? Mais le soldat ne lui demande rien, lui fait signe de se mettre sur le côté, appelle un collègue. Et Ben le suit dans la casemate.

La première chose que le soldat fait c'est de lui prendre les médicaments. La fouille est rapide. Et il savait ce qu'il cherchait. Puis, dans un anglais approximatif, il demande pour qui ils sont, quels enfants ? Ben répond qu'ils sont pour sa logeuse, il n'y avait que ça à l'hôpital. Le soldat lui ordonne de se déshabiller. Ben obéit. Et quand il est nu il n'est plus personne, le soldat n'a plus besoin d'élever la voix pour lui redemander pour quels enfants sont ces médicaments. Ben répond que c'est pour sa logeuse. Le soldat appelle un collègue. Ils reposent la même question, Pour quels enfants sont ces médicaments ? Ben répète, Ces médicaments sont pour ma logeuse. Ils fouillent son portable et n'y trouvent rien. Le tatouage ils s'en fichent. Ils redemandent pour qui sont ces médicaments. Et avant que Ben ne réponde que c'est pour sa logeuse, ils lui mettent un sac sur la tête. L'effet de surprise le fait reculer brusquement, le sac est opaque et humide, il pue le vomi, et c'est comme s'il ne rendait pas seulement Ben aveugle mais comme si derrière ce sac, il disparaissait lui-même, il ne perçoit que sa respiration, amplifiée et irrégulière, et il entend les voix étouffées des soldats qui parlent entre eux, son cœur bat en désordre comme s'il cherchait à s'échapper, il tousse dans le sac et sa toux l'étouffe, il glisse le long du mur et s'accroupit au sol, les soldats le redressent brutalement en le tirant par les bras, Est-ce que tu nous prends pour des cons ? Fils de pute, espèce de bâtard de Français, tu te crois où, espèce d'enfoiré, tu trafiques les médicaments, tu trafiques avec les enfants, espèce de salaud ! Ils hurlent ces insultes en anglais, et ils semblent aimer les prononcer, Ben les entend de loin, comme s'il était sous l'eau, une eau glacée, avec des courants successifs et cuisants, mais il comprend que ce sont leurs mains sur lui, les coups qui chauffent son dos, ses côtes, ses jambes, et sa tête bascule quand l'un d'eux le gifle en gueulant, et puis sans explication ça s'arrête, les soldats s'en vont. Il n'y a plus que la respiration de Ben qui envahit le sac et revient sur lui, par saccades. Le silence est effrayant. Il essaye de ne rien imaginer. Il attend un peu avant de retirer le sac de sa tête, il dénoue difficilement le nœud, son visage est trempé de sueur, ses jambes en coton, mais il n'ose pas s'asseoir par terre, cela met les soldats en colère, même en leur absence il leur obéit, et quand il voit les traces de coups sur son corps, il ne se reconnaît pas. Il pense aux enfants qui attendent, à Kostia qui lui fait confiance, il voit à travers le soupirail que le ciel a changé mais il ignore si c'est à cause du temps qui passe ou à cause des nuages plus nombreux. Et puis la douleur surgit, sur son dos, son torse, ses jambes et son visage, comme si elle se libérait bien après les coups. Il pose les mains sur son cœur qui s'emballe, il perd l'équilibre et tombe sur le sol glacé, il faut qu'il se relève, il se dit qu'il faut qu'il se relève, il faut qu'il s'habille et qu'on le laisse partir, il faut qu'il appelle les soldats, mais il ne bouge pas et sa gorge est sèche, sa bouche aride, il se raisonne, se redresse, se met debout et attend, il est seul pourtant sa nudité l'offense, il n'ose pas se vêtir, ce serait les défier peut-être, et le sac, est-ce qu'il devrait le remettre ? Le ciel décline des gris très pâles, le jour n'a pas de vigueur et aucune clarté, il regarde sa montre, et il ne la comprend pas, ses yeux sont trempés de sueur, ses cils poissés, il a du mal à lire les chiffres sur le cadran. Trois heures ont passé ? Trois heures vraiment ? Trois heures avec ces soldats ? Il voit que son poignet tremble, il voit qu'il a peur, il a peur depuis qu'il a quitté les enfants tout à l'heure, il a peur depuis qu'il assiste aux manifestations sur la place de la Liberté, il a peur depuis qu'il a passé la frontière, il a peur parce que ici les lois ont changé. L'humanité s'est brisée et tout est possible, tout peut lui arriver, toutes les variantes sur l'échelle de la cruauté le concernent. Il est comme les autres.

Un soldat entre, un nouveau, plus âgé que les deux précédents, peut-être leur supérieur, il semble moins nerveux, flegmatique et sûr de lui, mais quand il tend soudain la main vers lui, Ben recule instantanément, un mouvement de frayeur brève. Le soldat lui rend ses papiers, son téléphone, lui fait signe de se rhabiller et lui dit qu'il n'a pas intérêt à se pointer de nouveau dans le coin, qu'il ne s'approche plus jamais de l'hôpital pour chercher des médicaments pédiatriques. Ben comprend qu'il a suffi à la secrétaire d'envoyer un message pour le dénoncer. Il s'applique pour se rhabiller, mais ses gestes sont maladroits, il fait le plus vite possible, comme si le soldat pouvait changer d'avis, mais lui allume une cigarette sans plus se soucier de Ben, maintenant ce Français est enregistré sur les fichiers des services de la sécurité intérieure russe, et tout est en ordre. Ils ont fait le job.

– J'ai fait un cauchemar terrible. Je voyais des enfants, mais très jeunes, qui étaient armés, des fusils plus grands qu'eux… On leur apprenait à s'en servir, ils essayaient de démonter des mitrailleuses, de viser au lance-grenades, ils n'y arrivaient pas, alors on leur gueulait dessus, on les humiliait, c'était atroce, je voyais ça vraiment, très distinctement dans mon rêve, et le pire, Marta, c'était que ces enfants, si petits, étaient ukrainiens, mais que ceux qui leur apprenaient à se battre étaient russes… Ils leur apprenaient à se battre contre les leurs…

– Tu n'as pas dormi longtemps, Ben, quelques minutes je pense.

Il regarde autour de lui, ce désordre indescriptible, cette pénombre, il est chez Nina, et ils sont seuls avec elle.

– Où sont les enfants ?

– À côté, dans la remise, ils jouent avec les chatons, ne t'inquiète pas.

– Et Kostia ?

– Je le trouve un peu mieux. Et Andrii m'a m'appelée.

– Il va bien ?

– Tout va bien. Les enfants sont en sécurité, et pour les nôtres cela se met en place. Denys et lui ont simplement dû attendre avant de reprendre la route, les partisans ont fait sauter un transformateur sur la voie ferrée et le coin était bourré de gars du FSB, ils devraient être là demain.

– Tu lui as dit que je n'avais pas eu l'insuline ?

– Oui. Il va contacter un ami qui travaille dans un labo, j'espère que ça ira. Mais tu sais, Ben, ce que tu viens de me raconter, les enfants embrigadés… Ce n'est pas un mauvais rêve. Souviens-toi, c'est Nina qui t'a montré cette vidéo, les orphelins de Donetsk transférés en Russie et entraînés à combattre… Tu te rappelles ? Le centre de rééducation a publié cette vidéo et des photos aussi…

Oui, maintenant Ben se rappelle. Son cauchemar était vrai. Il regarde Nina qui sort des bougies d'une vieille boîte en fer et les pose sur une table encombrée de boutures en pots, de matériel de couture et d'un vieux dictionnaire aux pages cornées. Il se demande si elle comprend l'anglais, et si elle se tait par habitude ou par prudence.

– Marta, je vais te donner le numéro de téléphone de mon frère, et celui de ma fiancée.

– Je les ai déjà.

– Évidemment…

– Ils ont réussi à te faire peur, hein ?

– Pourtant, il ne s'est pas passé grand-chose… Je veux dire…

– Je sais ce que tu veux dire. C'était juste un avertissement. Mais c'était terrible, aussi…

Il baisse la voix :

– Il se passe quelque chose, à l'hôpital, dans ce service

de néonatalité, il y avait des femmes, je sais différencier le russe de l'ukrainien, même si je ne le comprends pas, j'entends les différences, ces deux femmes, elles étaient russes, c'est sûr, et elles regardaient les bébés dans les couveuses, on voyait qu'ils leur plaisaient…

– Qu'est-ce que tu sous-entends ?

– On aurait dit qu'elles faisaient leurs courses, qu'elles… qu'elles choisissaient des articles. Une puéricultrice les suivait et j'ai vu les regards qu'elle échangeait avec Olga, la panique… l'affolement…

L'angoisse revient, les pensées les plus folles. Et cette impression de menace perpétuelle, qui n'épargne personne.

Ben entrouvre la porte de la remise, les enfants sont là, dans ce petit espace qui sent l'humidité et l'urine, ils cajolent les chatons en leur murmurant des mots si doux et à voix si basse qu'on dirait des chants d'oiseaux, des trilles discrets, et la chatte les regarde, les yeux à demi fermés, dans une vigilance pleine de sagesse, ses petits répondent aux enfants par des sons de gorge plaintifs suivis de piaillements heureux, qui les épuisent très vite, alors, en les tenant contre eux, les enfants aussi ferment les yeux. Ben referme la porte sans les déranger. Il pense à leur besoin d'amour, à leur crédulité, et à la tendresse de leur esprit que l'on pourrait si facilement travailler, comme on travaille une simple matière, sans se soucier de l'âme. Il revoit les images de ces enfants à qui on apprend à tuer, les cris de la femme qui les instruisait, insultait et humiliait les maladroits… Il va à la fenêtre pour regarder au-dehors, par réflexe, mais son élan est arrêté, les fenêtres sont obstruées par des panneaux de bois mal ajustés. Il y pose le front. Il est épuisé, pourtant il a envie de gueuler, de briser ce faux calme, cette fausse nuit. Ce pays aux enfants cachés est trop silencieux ! Son niveau sonore est mortel ! On fait taire les enfants et on les planque, mais est-il possible vraiment, est-il possible qu'ils disparaissent par milliers, depuis des années et des années ? Déportés à Moscou, à Kazan, à Ekaterinbourg, en Crimée, en Extrême-Orient russe, en Sibérie, en Biélorussie, est-il possible que ces rafles soient connues, et que le monde se taise ? Est-il possible qu'il n'y ait rien d'autre qu'un peu de débrouille locale, le cas par cas, le risque vital, l'espoir fou, le voyage insensé pour en sauver quelques-uns, avant qu'il ne soit trop tard, avant que leurs noms, que leurs prénoms, que leur date et leur lieu de naissance, que leur nationalité, n'aient été effacés ? Avant qu'eux-mêmes ne disparaissent à eux-mêmes ? Avant que leurs parents ne deviennent fous ? Et il sait ce qu'il a vu ce matin, à l'hôpital, ce que ces deux visiteuses russes venaient chercher. Le cri qu'il pousse le surprend lui-même, son poing cogne le mur misérable de cette pièce misérable, et soudain, son téléphone vibre, un numéro masqué, et une voix inconnue qui demande :

– Vous êtes prêts ?

Il hésite. Puis comprend, et répond :

– Oui.

– Vous partez demain.

Il fait frais dans ce petit matin de juin, le soleil est pâle encore, seuls le rouge-gorge et la fauvette chantent, la terre fraîche est comme neuve, la nature gorgée de vie, et la guerre semble ne pas avoir lieu. Et pour Ben elle est bientôt finie. Il accompagne Maya, Klara et Ivan en zone libre à Zaporijia, ensuite il rejoindra la Pologne et rentrera en France. Ce retour lui paraît si aléatoire, et la France étrangement moins réelle que l'Ukraine. Les enfants ont mal dormi, ils n'ont pas voulu quitter la remise où étaient les chats, et la nuit a été entrecoupée de réveils, de pleurs et de disputes car aucun n'avait assez de place pour bouger ou seulement se retourner. Marta a mis leurs sacs dans le coffre de la voiture de Pavlo, le volontaire qui les emmène en zone libre. Klara et Ivan se sont déjà installés, préférant l'abri de la voiture à l'air du dehors, regardant derrière les vitres Maya qui a pris maladroitement Kostia contre elle et lui fait un câlin qui tangue, ses bras sont trop petits pour l'enlacer comme elle le voudrait, mais Kostia sourit en la tenant contre lui, elle lui dit doucement, C'est pas grave, c'est pas grave… Et puis elle court prendre la petite boîte dans laquelle Nina a posé le chaton, avec un bocal de lait, et Marta l'aide à s'installer avec la boîte sur les genoux. Ben se penche à la hauteur de Kostia. S'il avait ramené l'insuline, l'enfant aurait pu faire avec eux ce long voyage, mais il lui reste trop peu d'ampoules pour prendre ce risque. Il plonge son regard dans le sien, il l'admire et il le lui dit, en français, mais certain qu'il le comprend, qu'il saisit tout : Tu es très courageux, Kostia, et tu vas tenir le coup. Andrii sera bientôt là, ça va aller. Il le prend contre lui, leurs cœurs battent l'un contre l'autre, et Ben pense au cœur des oiseaux, si petits et si parfaits. Il dit au revoir à Nina, au revoir à Marta.

– Ne joue pas les héros, hein… Sois prudent.

– Vous êtes tous des héros…

– Allez, pars avant que je chiale, ton chauffeur-héros t'attend.

Il quitte ce lieu menacé… Qui sait quand GPS et ses hommes reviendront, demain, dans une heure… Tout est possible.

Ils roulent en silence sur les routes de ce pays que Pavlo, chauffeur routier à la retraite, connaît par cœur, et que Ben regarde s'éveiller, les barres d'immeubles dont certains bâtiments ont brûlé et dont les façades noircies crient leurs blessures, les maisons isolées en bordure de la plaine, les usines abandonnées, le fleuve qui apparaît au détour des virages dans des gris argentés et des bleus presque blancs, les forêts où le soleil joue entre la finesse des arbres, le ciel magnifique et mortel… Ce sont les premières heures d'un voyage de trois cents kilomètres, une journée pour arriver en zone libre, peut-être plus, sur une route encombrée et contrôlée. Depuis Zaporijia Ivan rejoindra avec une ONG sa tata en Pologne, les papiers sont maintenant en règle. Klara et Maya ne quitteront pas la ville, où elles vivront chez la cousine de Daria. Ben a du mal à réaliser qu'il rentre en France, qu'il va retrouver la lumière d'un ciel libre tandis qu'eux restent dans la menace d'une guerre qui vient les chercher jusque dans leurs lits, leurs berceaux… Il a peu dormi, son corps est endolori par l'interrogatoire de la veille, et Kostia ne quitte pas son esprit. Il s'en veut de ne pas avoir trouvé d'insuline, même s'il n'y est pour rien. Bientôt ses proches lui demanderont de raconter, dire « comment c'était ». Si son téléphone n'était pas fouillé si souvent, il aurait enregistré ce qu'il entend. La guerre ne se raconte pas, elle s'écoute. Il pourrait enregistrer ces murmures dans la voiture, le calme et la fatigue de ceux qui font confiance. Maya parle tout bas au chaton, baptisé Koshenia, « petit chat », l'épuise de paroles, et Klara l'empêche de lui donner en permanence du lait. Ivan dessine tout ce qu'il voit mais cela va trop vite et parfois il ose un reproche à Pavlo, qui traduit en anglais pour Ben : Il dit qu'on a perdu le fleuve et qu'il avait pas fini de le dessiner… Je lui ai dit qu'on le reverrait bientôt, il va jouer à cache-cache avec nous et nous mener à Zaporijia… Regarde, maintenant il dessine les panneaux publicitaires…

Ben n'ose pas lui poser de questions mais il voit les cicatrices sur ses avant-bras et ses mains, et il a remarqué qu'il boitait un peu à son arrivée chez Nina. Pavlo connaît les routes les moins empruntées, et il reçoit sur son téléphone les alertes que lui donnent d'autres volontaires sur la présence de checkpoints, de routes bombardées ou minées, et les nouvelles déviations. La voix qui parle le plus dans la voiture est celle qui sort de son téléphone, avec une résonance métallique et brouillée. Il demande à Ben :

– Tu étais déjà venu en Ukraine ? Avant la guerre, je veux dire ?

– Non, jamais.

– C'était beau, et vivant, une vraie fourmilière, ou une… une ruche oui plutôt, une ruche. Il a fallu seulement deux mois pour que des dizaines de milliers de maisons soient détruites, et des centaines d'écoles, des bibliothèques, des musées, des imprimeries, des librairies, qu'est-ce qu'ils vont apprendre, ces enfants-là, à part que les adultes sont des salauds, hein ? Qu'est-ce qu'ils vont retenir ? Déjà que les Russes ont changé les programmes et réécrit notre histoire…

– Ils se souviendront de toi, d'Andrii, de Marta, de tous ceux qui les ont protégés.

– Si ça pouvait être vrai… Si leurs souvenirs pouvaient être ça, le bien qu'on leur veut…

Ivan s'extasie, Pavlo lui répond. Puis il explique à Ben :

– Il a vu un coucher de soleil ! Tu vois là-bas ? Le feu ? Ils n'auront rien appris, je te dis, il croit possible un coucher de soleil en plein jour… Ah quelle putain de guerre… Tu as déjà vu une école bombardée ?

– Non, jamais… Je veux dire, rien que des photos…

– Les photos c'est rien. Il faut marcher dans une école

bombardée, sentir le crissement sous tes pieds, toutes ces vitres éclatées, et les petits pots où les mômes mettaient leurs crayons et leurs pinceaux… Le plus triste, je crois, c'est ce qu'il reste, les dessins aux murs, les portemanteaux… Maintenant les écoles sont des casernes militaires russes, des prisons pour les civils, et même des centres de torture, oui… Est-ce qu'on peut imaginer ça ?…

Maya rit doucement, comme si on la chatouillait, Ben se retourne : son doigt dans sa gueule, après l'avoir trempé dans du lait, elle donne à boire au chaton. Ce que lui dit Klara, Ben le comprend :

– Voilà ! Tu es sa petite maman !

Maya se tourne vers elle, un peu perdue soudain, étonnée. Le mot « maman » prend une nouvelle résonance, qui s'ajoute à tout ce qu'elle en imagine. Et avec une grande fierté elle dit :

– Ah oui !

Ben se tourne vers Pavlo :

– Le pays se reconstruira, comme les enfants. Et ils retourneront à l'école.

– Ça ne sera pas aussi simple, aucune école ne rouvrira sans abri anti-bombardement, et il faudra pouvoir y aller en moins de deux minutes, en cas d'alerte.

– Je voulais dire, après la guerre.

– Ah… Après la guerre !… Tu es optimiste toi, on voit que tu rentres bientôt chez toi.

Cette phrase pénètre en Ben comme une flèche empoisonnée.

Le soleil est haut et il fait chaud dans la voiture. Ils ont passé deux checkpoints sans être inquiétés, mais l'attente a duré des heures, tant il y avait de monde. Malgré les nouveaux papiers que Pavlo avait pour lui, Ben a ressenti une angoisse qu'il n'avait jamais connue, il a eu peur qu'on l'arrête, peur d'être interrogé de nouveau, peur d'être séparé des enfants. Sur cette route où le soleil est leur étoile, le danger est partout.

Les trois petits se sont endormis, et leurs respirations sont une quiétude et un apaisement, comme si les enfants transmettaient toujours quelque chose de familier et de sûr, que leur présence était si précieuse qu'ils diffusaient leur propre lumière. Ben pense à Anna. À Jimmy. Il se rapproche d'eux pourtant il se sent flotter, est-ce que c'est cela, le brouillard de la guerre ? Ce flou, ces incertitudes et tout ce qui se vit dans le temps si lent de l'angoisse ? Les frontières entre la zone libre et la zone occupée sont elles aussi aléatoires et mouvantes, rien n'est sûr nulle part, le paysage bouge et se fragmente. Ne plus être sûr de rien…

C'est cela, pense Ben, que je dirai quand je serai rentré : on ne pouvait plus être sûr de rien.

Ils sont nombreux sur la route, des gens qui fuient, beaucoup de femmes, des personnes âgées et des enfants dans les voitures, les bus, les minivans…

– Quand il y a un homme dans la voiture, dit Pavlo, tu peux être sûr que c'est soit un volontaire, comme moi, soit, le plus souvent, un type qui fait payer.

– C'est cher ?

– Pour notre voyage par exemple je dirais… en euros… Cent cinquante par personne. Les gens s'inscrivent sur Viber ou Telegram et ils trouvent le chauffeur…

– Ils font confiance ?

– Ils n'ont pas le choix.

Les bombardements ont dessiné un paysage inachevé, parfois devant des maisons détruites, des hommes et des femmes cultivent la terre.

– Ceux-là ne partiront jamais, dit Pavlo, quand les combats se rapprochent et qu'on vient les chercher pour les mettre à l'abri, ils refusent… Mais une fois… une fois on a réussi à faire sortir une femme qui était terrée chez elle depuis le 24, plus de deux mois sans sortir ni voir personne. Quand elle est sortie elle m'a dit qu'elle avait eu peur de ne plus arriver à parler.

Ben reçoit un message sur son portable : c'est Marta qui le prévient qu'Andrii est bien arrivé. Cette bonne nouvelle est comme une halte dans la spirale de la peur. Ben frappe trois fois sa cuisse du plat de la main… Il vient de faire ce geste d'avant, et il lui semble, dans cet effacement de l'angoisse, qu'il se retrouve un peu. C'est bon signe, cette familiarité qui revient, il se dit, Je suis prêt à rentrer. Ils dépassent une longue file de voitures à l'arrêt sur le côté de la route.

– Et merde, dit Pavlo, pourquoi les gars m'ont pas signalé le monde qu'il y avait ici ?... Je vais faire un détour, il y a une autre station-service à quelques kilomètres, près d'un village. Ça nous retardera pas beaucoup.

Lorsqu'il s'y arrête, les enfants se réveillent. Ils s'étonnent d'être dans cette voiture, puis très vite se souviennent, et ils sont soulagés que Ben soit là. Il leur montre les pompes à essence plus loin, mais ce sera bientôt leur tour, et après ils repartiront et s'arrêteront pour manger un peu. Pavlo est sorti, il regarde la file d'attente jusqu'à la pompe et dit à Ben à travers sa vitre baissée :

– Il faut qu'ils restent à l'intérieur, pour les arrêts pipi on verra plus tard, j'ai l'impression qu'il y a des contrôles, ça prend plus de temps que je n'aurais cru.

Les enfants eux aussi ont ouvert les vitres, il fait chaud et ils sont curieux de ce qui se passe dehors, le petit garçon dans la voiture d'à côté leur fait des grimaces, Ivan lui fait signe qu'il le dessine, bien fait pour lui, le petit se renfrogne et se cale sur son siège, Klara demande à Ivan pourquoi il la dessine pas, elle, sans grimace, et avec son joli sourire. Il rougit et ils rient tous les deux, en se donnant des petites tapes. Maya crie :

– Koshenia !

Le chaton a sauté par la fenêtre, Ivan ouvre la portière pour le rattraper, mais Maya est plus rapide que lui, et elle court sur le parking, tandis que le chaton s'enfuit. Ben sort de la voiture en appelant Maya, à peine plus haute que leurs roues elle se faufile entre les véhicules, et c'est par Ben que les chauffeurs sont alertés. Le chaton file maintenant vers le champ derrière, où Maya l'a suivi, Ben prie pour qu'il n'y ait pas de mines, et quand il saisit enfin le chaton, Maya vient à eux et éclate en sanglots, épuisée et vaincue par la peur. Ben la prend contre lui. Il les tient tous les deux, l'enfant et le chat, les berce, le temps que leur émotion s'apaise, et qu'ils reprennent leur souffle. Quand il relève la tête il ne voit pas la voiture de Pavlo, elle a dû avancer vers la pompe. Regardant où il met les pieds, il sort du champ, le chaton calé dans sa chemise, Maya portée sur sa hanche. La voiture a avancé un peu… mais elle est garée sur le côté… Le cœur de Ben comprend avant lui, qui s'emporte et bat dans sa poitrine comme une balle incontrôlable.

Il les a vus descendre de la voiture, il a vu Klara et Ivan sortir, et le geste de Pavlo, dérisoire et désespéré, de se placer devant eux, comme pour les cacher, ou interdire qu'on les approche… Il a reculé pour que Maya ne les voie pas. Il a pensé qu'il avait ses papiers sur lui, mais pas ceux de la petite. Il a pensé qu'il était loin de Zaporijia. Il a pensé qu'il devait fuir. Il a pensé qu'il ne savait pas quel chemin prendre. Et il a vu Pavlo et les enfants suivre les soldats, puis Pavlo se tourner vers lui, et la terreur dans ses yeux, Ben savait qu'il ne l'oublierait jamais.

Il a vécu cet instant irréel et terrifiant, qui n'appartenait pas au présent, qui disait que tout était terminé, le voyage, le sauvetage, l'avenir, tout s'écroulait. Il a eu l'impression qu'on avait creusé la terre sous ses pas, et qu'il disparaissait dans un trou de plus en plus profond, avec l'enfant, et avec le chat, c'était d'une douceur atroce et désespérée. Et puis Maya a dit qu'elle avait faim. *Ya holodna !* Alors il a compris que la seule chose à faire était de reprendre la route.

Maya leur explique des choses que Ben ne comprend pas, et eux à peine plus que lui, et ils s'amusent de son babil, accompagné de ses éternels « Ah oui ! » qui ponctuent ses phrases embrouillées. Ils lui ont donné une cordelette pour tenir le chaton en laisse, et ils partagent avec elle leurs sandwichs et leur eau, ils pensent que Ben est son père, il ne les détrompe pas, et ils le regardent en imaginant une vie qui n'est pas la sienne, papa d'une petite fille ukrainienne. Eux aussi fuient la zone occupée, les quatre enfants, leur grand-mère et Alia, leur mère, qui les conduit. Elle a fait signe à Ben de les rejoindre, lorsqu'il passait à leur hauteur sur ce parking où ils déjeunaient, il était évident qu'il était épuisé, et que l'enfant avait chaud. Il marchait, Maya somnolente dans ses bras et Koshenia dans sa chemise, ses griffes lui labourant le ventre. Cela ne le gênait pas que ce soit difficile de marcher sous le soleil, sur cette route caillouteuse, bordée peut-être de mines, l'enfant dans ses bras et les griffes sur sa peau, c'était comme une expiation pour son impuissance, un contrepoids au choc reçu : Klara, Ivan et Pavlo disparaissant sous ses yeux. Il a espéré longtemps que la voiture de Pavlo les dépasse, qu'il s'arrête et dise que ce contrôle avait été un peu long, rien de plus. Il a appelé Andrii, ce numéro ne pouvait être joint, disait une voix robotique. Plus tard, quand il a reçu d'un numéro masqué des captures d'écran de cartes routières et des nouveaux papiers pour Maya, qui portait son nom de famille et dont il devenait le père, il a compris qu'il était protégé et guidé à distance. Père de Maya… Même fausse, cette soudaine paternité l'a bouleversé, et il doit protéger l'enfant et la sauver de l'enlèvement, à n'importe quel prix.

Alia lui donne un sac à dos avec de l'eau, du pain et des fruits pour la petite puis elle remonte dans sa voiture avec sa famille, et c'est comme si Maya se souvenait soudain de l'absence de Klara et d'Ivan, du début de leur voyage. Elle supplie Ben qu'ils partent avec eux, s'accroche en pleurant au plus jeune garçon, Ben voit l'hésitation d'Alia, mais il lui fait comprendre que huit dans la voiture c'est impossible, et il sait que l'enfant et lui sont un danger pour les autres, ils n'ont aucun vrai papier et aucune légitimité. La seule chose à faire est de marcher, le jour, la nuit, et de déposer l'enfant en lieu sûr. Si un tel lieu existe.

Il a juché Maya sur ses épaules, pour qu'elle voie le monde d'en haut, pour que cela la distraie un peu, il trottine quand elle lui donne des petits coups de talon, elle rit et il se dit, C'est toujours ça de pris. Mais il sent cette fatigue trouble, cet épuisement, causés par le choc de la disparition de Klara et d'Ivan, la catastrophe à laquelle Maya a réchappé. Mais pour combien de temps ?

Le soir descend. Ils ont traversé des villages, des bourgades, une zone industrielle abandonnée, et croisé tant de gens chassés de chez eux, et malgré lui Ben guettait... Est-ce que Klara et Ivan étaient des leurs ? Un homme conduisant une camionnette les a pris avec eux, sans qu'ils ne demandent rien, et grâce à lui ils ont gagné des kilomètres et beaucoup de repos. Avant de les quitter l'homme a retiré le plaid du dossier de son siège, en faisant signe que c'était pour Maya. Les nuits de juin sont froides par ici.

Le soir fait peur à Maya et elle voit des choses qu'elle ne remarque pas le jour, elle désigne à Ben un bâtiment effondré et murmure, Boum... comme une réflexion. Boum... Puis elle regarde le ciel et pose une question que Ben ne comprend pas. Il lui fait signe qu'ils vont s'en aller, loin de ce bâtiment, loin du boum, elle dit, Ah oui ! et elle frappe avec ses talons et Ben galope maintenant, elle a un peu peur, une peur enfantine et heureuse, tout cela est un jeu mais Ben sursaute quand une détonation résonne et le saisit comme une main invisible, jusqu'aux entrailles. Maya éclate en sanglots, il ne sait plus s'il doit courir ou se planquer, est-ce que les autres savent, les Ukrainiens, les vrais habitants de ce pays, est-ce que cela s'apprend, les bons réflexes et la maîtrise de la panique ? Il réalise qu'en se rapprochant des territoires contrôlés par Kyiv, ils se rapprochent des bombardements. La zone non occupée, ce n'est pas la paix, mais un autre visage de la guerre. Il siffle fort, à chaque missile il tente d'imiter le chant des oiseaux, Maya pose ses mains sur ses joues pour sentir leur tremblement, cela la distrait un peu, elle murmure, Boum boum boum, comme s'il y avait un rythme à ce fracas, comme si en y prenant part elle repoussait un peu sa puissance.

Quand la nuit est tombée il cherche un refuge. Certains dorment dans leurs voitures, d'autres à la belle étoile. Il ne veut pas que l'enfant ait froid ni surtout qu'elle entende les bombardements nocturnes. Il s'approche d'une maison où derrière les volets clos se diffuse une lumière. Les aboiements acharnés d'un chien qui se rue sur eux font hurler Maya, Ben la prend contre lui, il a peur lui aussi de ce chien furieux, dressé pour défendre ses maîtres à n'importe quel prix. Il repart du plus vite qu'il peut, mais sans courir. Le chien ne les poursuit pas. Maya sanglote longtemps, son corps raidi et tendu, comme soufflé par la terreur. Ben ne savait pas qu'une si petite fille pouvait hurler si fort. Il lui dit des mots de rassurance, inlassablement, en la tenant fort contre lui, elle met ses bras autour de son cou, sa tête au creux de son épaule, et petit à petit se rassérène, épuisée par son effroi. Il a presque peur de cette confiance qu'elle met en lui. Il n'a pas la puissance qu'elle lui prête, il ne peut pas la protéger de tout comme elle le croit. Au-dessus d'eux la lune est claire, ronde et parfaite, une lune méticuleusement dessinée, de celles que l'on voit dans les livres d'images, et qui disent que loin des hommes, la beauté veille sur le monde. Et Ben la remercie intérieurement.

Plus tard il découvre, derrière une ferme dévastée, une petite grange où ils se couchent. Le chat gambade un peu et se love contre Maya, elle s'endort très vite, enroulée dans le plaid, tout contre Ben. Il se revoit, jeune adolescent, protégeant Jimmy des retours de Fred, anticipant l'effraction dans leur chambre, appréhendant les scènes, la soûlographie… Il y a tant d'enfants qui ne dorment pas en paix. Et Klara et Ivan, où sont-ils ? Il prie pour qu'ils n'aient pas trop peur, une prière qui s'adresse à la force qui est la leur, cette farouche confiance en la vie, il leur parle comme le font au même instant, dans la même nuit, tous les séparés, les gens qui s'aiment et espèrent, supplient tout bas, dans les souterrains, les caves, les cryptes des églises, les sous-sols du métro, les bunkers, les couloirs, les forêts, les tentes, les tranchées, tous les refuges fragiles de la guerre, emplis de leurs présences lumineuses.

Suivant les instructions téléphoniques de l'inconnu il attend le minibus qui les mènera jusqu'à la banlieue de Zaporijia, l'unique point de passage depuis la zone occupée. Il espère être au bon endroit, à l'intersection entre deux nationales, juste après la déviation. Il fait patienter Maya en lui mimant des histoires, il dresse des puces, il marche sur un fil, assailli par des petits singes, et le rire si éclatant de Maya est contagieux, il rit lui aussi, ils sont ensemble, avec le vagabond éternel, ils sont libres et la vie les attend au bout du chemin. Quand le minibus arrive et qu'ils y montent, ils sont si complices qu'il est évident qu'ils sont père et fille, et devant le peu d'argent de Ben, le chauffeur lui fait signe que pour son enfant, c'est gratuit. Il suit Maya qui marche dans l'allée centrale en se retournant pour lui parler, et il voit le regard des passagers sur elle, comme si elle avait fait entrer la lumière, mais c'est simplement la vie. Il ne reste qu'une seule place, il prend la petite sur ses genoux, et il imagine un instant qu'ils partent loin, en vacances, la mère de Maya serait avec eux… S'il la rencontrait, il lui demanderait si c'est elle qui a choisi le prénom de son enfant, et si quelqu'un était à ses côtés quand elle l'a mise au monde, si elles se sont connues un peu, avant la pouponnière. Il lui dirait que Maya a peur des chiens, mais qu'elle est très courageuse, même quand le ciel fait boum. Il lui dirait qu'elle aime les chats, les pommes et le chocolat, comme tous les enfants, car elle est comme tous les enfants, et elle-même est sûrement comme tant de mères, mais elle ne le sait pas. Le minibus ralentit. C'est un checkpoint. Ben vérifie les papiers de Maya sur les captures d'écran, ils ont le même nom, viennent du même pays… et logiquement, parlent la même langue. Quand deux soldats montent à bord, l'air se remplit d'électricité. Chacun va être contrôlé, suspecté de dissimuler quelque chose de louche ou d'illégitime, comme si chacun était l'escroc de sa propre vie et cherchait à ruser. La peur est palpable, on pourrait la toucher en tendant la main, on pourrait presque la voir planer au-dessus des portefeuilles ouverts à la hâte. Ben pense aux peuples colonisés, étrangers chez eux, et dominés. Les soldats contrôlent les passagers, l'un par le fond, l'autre par l'avant, cela va vite, ils semblent pressés et sans conviction. Pourtant l'un d'eux fait descendre un vieil homme qui part en se redressant, et marche droit, sans même se tenir aux dossiers des sièges, avec une dignité héroïque. Quand l'un des soldats arrive à sa hauteur, Ben lui montre son téléphone, explique en anglais qu'il a perdu les papiers de sa fille, mais les avait heureusement scannés avant. Le soldat lui pose une question en russe qu'il ne comprend pas. Ben espère qu'il ne lui demande pas les originaux. Maya s'est détournée instinctivement, ses petits pieds frappent le siège devant elle, tandis qu'elle caresse le chat. Le soldat la désigne et repose la question que Ben ne comprend pas. De nouveau il montre l'écran de son téléphone, la batterie est faible, bientôt il va s'éteindre. Le soldat s'agace. Maya chantonne très bas, trois notes qui reviennent, inlassablement, un murmure en boucle. Le soldat les désigne, elle et son chat. Maya ne chante plus, elle, a compris ce qu'il demande, ses pieds frappent plus fort le siège devant, Ben sent les sanglots qui montent en elle, et avec quelle volonté elle les retient. Il regarde le soldat, ce garçon a quoi ? Vingt ans ? Vingt ans et tout ce pouvoir ? Vingt ans et un fusil automatique en bandoulière devant une petite fille de trois ans ? Il voudrait l'attraper par le col de son uniforme et le jeter hors de ce minibus en lui gueulant de rentrer chez lui et de leur foutre la paix, toutes ces vies suspendues à son bon vouloir, à son pouvoir et à sa connerie. Il pense à Klara, à Ivan, à Pavlo, il sait que chacune de ses paroles, chacun de ses gestes, chaque expression de son visage pourrait faire basculer la situation. Il faudrait être inerte, il faudrait être mort peut-être pour que ce soldat leur foute la paix. La colère monte en lui avec la panique, Maya sur ses genoux, comme une caisse de résonance, il sent ses tremblements, sa tension, son entêtement aussi à ne pas regarder le soldat, à s'extraire de la situation. Des passagers les observent, certains se redressent sur leur siège pour mieux voir. Le soldat parle plus fort, exige encore, avec une impatience agressive, Maya serre Koshenia contre elle et soudain elle crie dans son langage incompréhensible, mais où tant de mots ukrainiens surgissent et Ben se dit que le soldat va comprendre, elle n'est pas sa fille, il va la prendre, il va l'emmener tout de suite, il faut qu'elle se taise, mais la petite crie toujours son refus révolté en tenant le chat si fort qu'elle manque de l'asphyxier, et l'autre soldat finit par s'approcher de ce tumulte. D'une voix autoritaire il parle à son collègue, lui fait signe de sortir, il est son supérieur. Maya se tait. Le soldat demande à Ben ses papiers. Ben lui montre l'écran de son téléphone. À peine le soldat a-t-il regardé les papiers de Maya que l'écran vire au noir, le téléphone s'éteint. Ben prie intérieurement ce gradé, lui aussi a à peine vingt ans, il est maigre, les yeux cernés, nimbés de tristesse. Il voit qu'il hésite, et sa prière se fait supplication intérieure. Maya s'est blottie contre lui et jette au soldat un regard de colère froide. Il la regarde lui aussi. Ils sont silencieux. Ils se comprennent peut-être. Enfin il pose sa main sur ses cheveux et dit, *Proshcheniye*. Pardon. Puis il s'en va.

Maya est épuisée. Elle met la tête contre la poitrine de Ben et s'endort, Koshenia en boule sur ses genoux. Ben pose sa main sur son front et lui murmure que rien de mal ne va plus jamais lui arriver. Ils sont tout près du but, ils ont gagné, et il la félicite pour le courage avec lequel elle a défendu son petit chat. Il ignore si dans son sommeil elle l'entend, si elle le comprend, et si dans son rêve elle crie encore contre le soldat. Il a envie de pleurer. De cette frayeur terrible qu'il a eue, la possibilité que ce soldat prenne l'enfant. Jusqu'à cette menace il n'avait pas vécu la dangerosité de ce voyage aussi profondément dans sa chair, dans son sang, dans chaque parcelle de lui-même. Il a les nerfs à vif. Il voudrait dormir lui aussi, partager le sommeil de Maya, comme le dernier refuge. Mais le choc le maintient éveillé, l'émotion ne retombe pas. Et soudain il le voit. Immense, battant lentement au vent dans un mouvement large et généreux, le drapeau bleu et jaune de l'Ukraine lui fait signe qu'ils sont arrivés.

L'immense parking du centre commercial Epicentr est bondé. Les réfugiés de l'intérieur sont nombreux, et tout est mis en place pour les prendre en charge. Ben le sait, il va être interrogé encore, mais pour être orienté, conseillé, par les volontaires, les policiers et les militaires ukrainiens. Il est avec Maya dans la longue file qui mène à l'entrée du centre et main dans la main ils avancent au même rythme, et ils se ressemblent, elle pourrait être sa fille, leur blondeur, leurs yeux bleus, et est-ce que tous n'y croient pas ? Il aurait dû arriver ici avec Klara et Ivan. Il a échoué. Mais Maya, il l'a conduite à son but et elle a tout supporté avec une force émouvante. Il l'admire et elle le sait. Elle le connaît. Parfois elle prend sa tête dans ses mains, serre très fort son visage et lui dit des mots d'amour brutaux en le regardant dans les yeux, et elle rit car ainsi son visage est plissé, sa bouche tordue, mais lui ne dit jamais rien, il la regarde, fasciné, et elle voit l'autorité qu'elle a sur lui, parce qu'il l'aime.

Plus ils avancent, plus il se sent lâche. Ils vont se quitter et elle ne le sait pas. Elle va vivre dans une maison inconnue, habitée par une inconnue, et elle devra s'y faire. Grandir, silencieuse et reconnaissante. Et soudain il pense à cette femme qui avait accueilli Jimmy chez elle, avec un amour puissant comme le délit… Bien sûr l'amour déborde, bien sûr l'amour ravage, mais sans cela, ce serait quoi ? Koshenia s'est échappé, Maya court et le rattrape par la cordelette, le gronde comme elle aime le faire, en répétant avec autorité, Maman, hein ! Maman, moi tu sais ! Et enfin ils entrent. Ben a l'impression d'arriver sur une terre nouvelle, une terre sur laquelle, pour un moment, la peur s'apaise.

Dans la maison d'accueil, il regarde Maya courir entre les lits superposés, elle joue avec des enfants, et leurs cris ne réveillent pas les bébés qui dorment, bras ouverts, sur le dos, dans cette position de confiance extrême, d'abandon total. Une jeune femme s'approche de lui, c'est avec ses enfants que Maya joue et elle pense qu'il est le père de la petite, elle dit, *Vacha dotchka*, « ta fille », et ces mots-là, il les comprend. Elle se présente, elle s'appelle Iryna, il lui demande si elle parle anglais, elle répond, Un petit peu, et il lui dit qu'il s'appelle Ben et que Maya n'est pas sa fille, il le dit pour la première fois.

– Où sont ses parents ?

Il soupire en écartant les bras…

– Elle va chez une amie, ici, à Zaporijia.

– Quand ?

– Le plus tôt possible… Demain, en principe…

– Vous arrivez d'où ?

– Kherson. Et toi ?

– Enerhodar, à une cinquantaine de kilomètres, là où il y a la centrale nucléaire, tu sais ? Occupée par les Russes… C'est très difficile pour le personnel et mon mari travaille là-bas, il est technicien réparateur des réacteurs. Les Russes ne laissent pas les employés partir, ils ont établi des listes et il leur est impossible de passer les check-points.

– Vous allez où, les enfants et toi ?

– À Kyiv chez ma sœur. Ensuite… je ne sais pas… Peut-être la Pologne… Je n'arrive pas à me décider… Je veux protéger les enfants, mais être loin de mon mari, quitter le pays… c'est trop dur.

– Les routes sont sûres jusqu'à Kyiv ?

– Rien n'est sûr… La guerre, tu sais… elle est vivante… elle respire, elle change… elle ne s'arrête pas…

– Je suis désolé que les Européens ne protègent pas votre ciel…

– Tu es français, c'est ça ? Tu rentres chez toi ?

– Oui.

– Tu leur diras alors ? Pour protéger les enfants, il faut protéger le ciel, ça ils peuvent le comprendre.

– J'espère…

– Cet enculé de Poutine l'a dit, c'est une guerre contre l'Occident collectif, et c'est vous aussi, l'Occident collectif…

Maya court vers Ben, Koshenia dans les bras et les trois enfants d'Iryna à sa suite, elle met d'autorité le chat sur ses genoux et lui parle avec un accablement surjoué, et Ben voit comme elle est heureuse, elle domine son petit monde et elle est fière de leur monter que son père est là, il n'y a pas beaucoup d'hommes ici, mais lui, il est là pour elle, et il est beau, ça elle le sait, elle l'a entendu souvent, il est beau, Ben, ah oui ! Elle remet d'un geste brusque ses cheveux en arrière, et repart en criant aux enfants, Allez ! Et Ben voit comme elle est de nouveau si vite heureuse, et aussi comme elle n'a aucune idée d'où elle va devoir vivre bientôt.

– Iryna, je peux te demander quelque chose ?

– Bien sûr.

– Je ne parle pas ukrainien… quelques mots à peine… Maya… J'aimerais que tu restes à côté de moi quand je vais lui dire qu'on va se quitter et pourquoi. Que tu traduises pour elle.

– Il y a des volontaires ici, des psychologues qui pourraient le faire, je veux dire… le faire comme il faut, ils ont l'habitude des enfants.

– Parce que toi tu n'as pas l'habitude ? Tu as trois enfants avec lesquels tu roules dans un pays en guerre…

– Tu ne me connais pas, je suis très maladroite…

– Je ne veux pas que Maya voie trop d'adultes différents, elle était très stressée quand on s'est enregistrés tout à l'heure…

La petite s'est approchée d'un bébé endormi et elle le regarde avec un sérieux attentif, sans le toucher, sans lui parler, simplement elle l'observe, et peut-être se demande-t-elle si elle a été un jour pareille à ce tout petit être calme et mystérieux.

– D'accord. Je le ferai. Je traduirai pour toi.

Ben la remercie mais au fond il préférerait qu'elle ne le fasse pas. Qu'elle n'ait rien à traduire. Que ce moment n'arrive jamais.

Anna ? Tu m'entends ? Tu m'entends ? Oui, c'est moi, bien sûr que c'est moi, oui je vais bien, ne pleure pas, je vais bien, je suis désolé, mon portable n'avait plus de batterie, écoute, écoute-moi, ne pleure pas, je rentre bientôt, je vais bien oui, oui tout va bien, je rentre bientôt, je ne peux pas, je ne peux pas te dire quel jour exactement, mais j'ai quitté Kherson, je vais rentrer, je suis désolé que tu te sois inquiétée, ne m'en veux pas, si, c'est vrai, je rentre, je suis sur la route du retour, Anna, ne crie pas, d'accord, crie si tu veux… crie… Je t'aime moi aussi je t'aime… écoute… écoute-moi, oui bien sûr oui j'imagine le souci que tu t'es fait, je comprends, mais c'est fini, c'est fini, maintenant c'est fini je serai là bientôt… Anna, écoute-moi… je suis désolé… Anna…

Il regarde le dortoir, ces femmes et leurs enfants, ces quelques pères qui repartiront bientôt, ces vies sans intimité. Il entend les sanglots d'Anna, ses nerfs qui lâchent. Elle a le droit de lui en vouloir, le droit de le crier, le droit d'être épuisée par lui. Des ados sont regroupés autour d'un portable, ils rient en regardant l'écran. Un bénévole fait les marionnettes à des enfants bouche bée. Maya parle avec une maman qui donne le biberon à son bébé, ce n'est pas l'enfant qu'elle regarde, mais la mère, avec une perplexité étonnée, puis elle s'éloigne, en suçant son pouce, songeuse et un peu perdue. Ben voudrait l'appeler, il lui fait signe qu'il est là mais elle ne le voit pas. La voix d'Anna est brisée, éreintée, il lui semble qu'elle lui fait des reproches, ou le supplie, il ne sait pas, il ne comprend pas. Mais maintenant il le sait, il devra les épargner. Il rentrera et il s'excusera. Pour le souci qu'il leur a causé à tous, il s'excusera. D'être parti sans prévenir, il s'excusera. Des bénévoles préviennent les familles que la cantine est ouverte, ils peuvent monter déjeuner. Les enfants poussent des cris de joie et demandent s'il y a des frites. Anna lui dit, Ferme les yeux. Ferme les yeux et imagine-moi, je ferme les yeux moi aussi… Maya vient à lui en courant, elle parle vite elle est soudain excitée, il ne comprend pas ce qu'elle dit, mais Iryna lui fait signe que c'est bon, la petite peut venir à la cantine avec eux. Il donne son autorisation et Maya crie de joie. Anna demande, Tu es où, Ben, dans une école ? Tu es avec des enfants, je les entends, tu m'écoutes, est-ce que tu m'écoutes, tu es dans une école ? Il voudrait lui dire, maintenant que le dortoir se vide et que le calme revient, qu'elle a raison, il faut fermer les yeux et se rejoindre par la pensée. Il voudrait lui dire qu'il l'aime, qu'il lui parle chaque jour, qu'elle lui manque, que penser à elle lui donne parfois le vertige, comme si sans elle son corps se déséquilibrait, mais il reconnaît la femme et la petite fille qui l'accompagne et leur présence ici le stupéfie, ainsi elles ont fui elles aussi, elles viennent d'arriver sûrement, elles rangent leurs affaires dans leur table de nuit, avec une méticulosité noble et simple. Il dit à Anna qu'il doit raccrocher et il laisse son téléphone au point de recharge, pendu à son fil. Quand elles le voient, Katia et Olena poussent un cri de surprise et lui ouvrent les bras. Il les serre contre lui, et il ressent une joie profonde, cet instant est vrai, cet instant est plein… mais chacune de ces retrouvailles est aussi un au revoir.

Ben et Katia sont assis sur un banc dans la cour où les enfants jouent entre eux, avec une innocence retrouvée. Katia est heureuse de se confier à Ben, il lui semble qu'il ne la juge jamais :

– J'avais compris, tu sais, je m'y attendais… Je voyais bien que Sofia ne préparait pas notre venue en France, je me doutais qu'elle avait rejoint une cellule de résistance et qu'elle avait peur pour Olena et moi, elle me disait, Ne sors pas faire les courses, untel ou untel te les apportera, ne sors pas le chien, on le fera, quelqu'un va venir, ne m'appelle pas, c'est moi qui te joindrai, et même si la plupart du temps c'est son ami Vitaly, que j'aime bien, qui venait, j'en avais assez ! Il avait toujours une surprise, une attention pour Olena, mais bon… La vie était triste. La petite devenait folle, elle s'ennuyait toute la journée, et même si Sofia ne voulait pas, je la laissais regarder la télé, et ces saloperies de chaînes russes, je ne pouvais pas passer mon temps à lui dire, Non, ne fais pas ci, ne fais pas ça, et attendre qu'il y ait du réseau pour qu'elle suive l'école, et apprenne en plus les nouveaux programmes russes… Un jour elle m'a dit, Babousia, est-ce que c'est vrai que nous on parle pas une vraie langue ? Et qu'est-ce qu'on parle alors ? je lui ai demandé. Un dialecte, elle a répondu… Je me suis mise en colère, la pauvre, elle n'y était pour rien… Et puis ensuite, les Russes ont voulu nous imposer leur passeport, j'ai refusé mais du coup je ne peux plus avoir de médicaments, ni toucher ma retraite, et si elle tombait malade la petite ne pourrait même pas être soignée… Vraiment, tous les jours il y avait un choc nouveau, tous les jours une mauvaise nouvelle, tous les jours…

– Est-ce que tu sais… ? Est-ce que Sofia t'a parlé des enfants de l'hôpital pédiatrique ?

– Où ça ? À Kherson ?

– Oui. Quand je suis allé en néonatalité, pour chercher des médicaments, j'ai vu qu'il s'y passait quelque chose, des femmes russes rôdaient autour des nouveau-nés et j'y pense souvent… Je me demande…

Katia se redresse, le regard fier soudain, presque heureuse.

– Ah, tu les as vues, ces femmes ? Eh bien, elles sont revenues à l'hôpital pédiatrique, puisque, comme tu le sais, selon Poutine tout enfant né sur le sol occupé par les Russes, est russe… Elles sont revenues, mais le personnel s'était dépêché de mettre les bébés dans des couveuses, avec des fausses perfusions et des faux bandages, et quand ces espèces de sorcières sont revenues et ont demandé où ils étaient… les puéricultrices leur ont montré ces pauvres bébés malades et intransportables…

– Et ils ont été sauvés ?

– Tous !

Elle pose sa main sur celle de Ben, et la serre un instant. Ils savourent cette nouvelle, et la force d'imagination et de résistance de l'humain. Puis Katia reprend son récit :

– Sofia, on ne la voyait plus… Je ne saurais même pas dire où elle dort… J'ai peur pour elle, si tu savais… Quand elle m'a dit qu'on pouvait partir j'ai dit oui, d'abord, et Où ? ensuite… Mais tu veux me dire, Ben, ce qu'on va faire en Allemagne ? J'espère que ça ne va pas durer longtemps… Je pars deux mois maximum, je l'ai dit à Sofia… Dans deux mois ce sera fini, hein ? Tu ne crois pas ? Vous allez nous aider ? Vous allez envoyer les avions ?

– Oui… bien sûr…

– Elles tardent, ces décisions de l'OTAN… Elles tardent… Bien sûr ils ne peuvent pas se rendre compte, mais le temps ici ne passe pas pareil…

Maya vient se blottir contre Ben, elle dit qu'elle est fatiguée, il la prend contre lui, caresse ses cheveux et l'encourage à retourner jouer, il ne veut pas qu'elle voie sa tristesse, mais il sait bien qu'ils partagent la même. Elle réclame Klara et Ivan, et Ben se dit que peut-être elle se rappelle ce que Marta lui a dit avant de partir, ils allaient tous les trois à Zaporijia où elle serait avec Klara chez une dame très gentille. Le centre d'accueil a joint la cousine de Daria, elle viendra demain la chercher. Il va falloir le lui dire. Le lui dire bientôt. Le lui dire très vite.

– Elle est belle, Maya, dit Katia. Mais Dieu qu'elle est

petite… trop petite pour tout ça. Le chat, tu crois qu'elle pourra le garder ?

– Le chat, elle le garde, c'est sans condition !

– Olena m'en veut de ne pas avoir pris le chien avec nous, mais j'ai déjà du mal à porter nos valises, je ne pouvais pas en plus m'occuper d'un chien… Et j'avais peur, on avait un chauffeur sûr, très gentil, mais j'avais tellement peur avec la petite sur ces routes…

Ben sait à quoi elle pense. Il ne lui dit pas mais il a gardé la photo de la kermesse, le petit Vadym déguisé en abeille, ses antennes en carton et son tee-shirt rayé…

– On sait ce qui lui est arrivé ?

– Maryna et sa fille ont fait comme les autres familles, elles ont suivi la chaîne Telegram de ce monstre de Maria Lvova-Belova… C'est comme ça qu'un jour elles ont vu Vadym sur une vidéo qui vantait ces prétendus « transferts humanitaires ».

– Olena le sait ?

– Oh, oui… Elle a elle-même parlé du centre de soins de Poliany où il a été transféré… Elle l'a peut-être vu sur une chaîne de la télé russe…

– Il pourra revenir ?

– Il a été adopté. Il y avait une photo sur Telegram « Un orphelin ukrainien entouré de ses parents d'accueil »… Mon Dieu !

– Qu'est-ce qu'on peut faire ?

– Des associations se créent pour retrouver tous ces enfants, regarde, est-ce qu'on pensait voir ça un jour, regarde un peu…

Elle sort de son sac un papier qu'elle déplie et traduit

pour Ben : « Votre enfant a été déplacé de force dans les territoires ukrainiens temporairement occupés ; déporté dans le territoire d'un pays agresseur ou dans celui d'un autre pays, ou vous êtes témoin du déplacement illégal d'un enfant. » C'est sur le site Children of war…

Elle replie et range le papier, méticuleusement :

– Après, ils nous disent les gestes à faire, les bons réflexes à avoir, les numéros de téléphone des services compétents… Je garde ça sur moi, toujours… Avant de quitter Kherson, j'ai écrit mon numéro de téléphone sur le bras d'Olena, et mon nom, tout, sur son bras, en gros, et en rouge.

– Tu as bien fait.

– Les nazis avaient pris deux cent mille enfants polonais et trois cent mille dans d'autres pays occupés, ensuite ils étaient adoptés par des familles aryennes. Si on a accepté ce trafic hier, si on l'accepte aujourd'hui, alors on l'acceptera demain, on l'acceptera toujours…

Sous le coup de la colère, elle se lève, marche un peu dans la cour, parle brièvement avec des mères, des grand-mères, des bénévoles, passe des uns aux autres, et ne sait plus où se poser. Non, je ne m'excuserai pas, pense Ben, lorsque je rentrerai, je ne demanderai pardon à personne, je gueulerai, c'est tout. Contre la neutralité je gueulerai, contre la patience je gueulerai, contre la diplomatie je gueulerai. Et ça ne servira à rien… Avec le temps le scandale ne grandira pas, la guerre deviendra une lointaine habitude, un simple conflit, une défaite, une date, vingt-quatre février deux mille vingt-deux, *February the twenty-fourth twenty twenty-two*, comment dit-on en ukrainien, je ne m'en souviendrai plus, et puis un jour on verra cette chose honteuse et déplacée, et on n'en reviendra pas. La guerre sera chez nous.

Maya prend sa douche avec les enfants d'Iryna. Dans la cour Ben regarde le ciel du soir s'empourprer, parfois transpercé par les feux des missiles, alors le soleil tremble et on ne distingue plus ses couleurs de celles lancées par les armes. Il est tard mais le centre accueille encore des réfugiés, soulagés d'être « de nouveau en Ukraine », puisqu'ils sont déclarés étrangers chez eux. Ben a écrit à Jimmy, il lui a dit qu'il rentrait, Jimmy lui a répondu aussitôt, ce qui n'est pas dans ses habitudes, il devait se faire du souci lui aussi, peut-être même se sont-ils parlé avec Anna. Son téléphone vibre, c'est un numéro inconnu. Mais c'est la voix d'Andrii. Ils parlent en même temps, se demandent les mêmes choses, tu es bien arrivé, comment vas-tu, comment vont les enfants… Et puis se taisent un moment.

– GPS est revenu, comme il l'avait dit… Avec ses hommes et une dizaine de médias russes. Il était furieux que le foyer soit vide.

– Et Kostia ?

– Il était chez Nina…

Le silence qui suit dit tout ce que Ben ne veut pas entendre.

– GPS ne voulait pas repartir les mains vides, tu comprends… Nina a tout fait pour protéger le petit, je crois qu'elle aurait donné sa vie pour lui.

– Oui, elle l'aurait fait…

– Le lendemain un vieil homme est arrivé, à pied, totalement épuisé, il avait marché depuis Kherson. C'était le grand-père de Kostia. Il avait été hospitalisé dix jours, c'est pour ça qu'on n'arrivait pas à le joindre… Il était sorti de l'hôpital et comme le foyer ne répondait plus au téléphone, il était venu chercher son petit-fils. Je lui ai juré de l'aider à le retrouver et à le ramener. Et je le ferai. Et je n'abandonnerai pas non plus Klara et Ivan…

– Dis-moi… Kostia… quand ils sont venus… Comment est-ce qu'il a réagi ?

– Il a été très calme. Je crois qu'il ne voulait pas qu'on ait de la peine… Mais il était faible… Je n'aurais jamais cru qu'ils le prendraient… mais ils ont même volé des enfants handicapés mentaux ou physiques, c'est un vrai cauchemar…

– Je n'ai rien fait pour lui… Je n'ai même pas trouvé son insuline…

– Tu as fait tout ce que tu as pu, comme chacun de nous.

– Non, je suis là, comme un touriste, un qui se balade, sans rien comprendre, sans rien empêcher et sans rien voir venir…

– Et Maya, elle compte pas ?

– Oh, Maya…

– Quoi ?

– L'amour que j'ai pour elle, tu sais comment on appellerait ça en France ? Un conflit de loyauté. Je me suis tellement attaché à elle que je n'ai même pas eu le courage de lui dire qu'on se quittait demain…

– Un conflit de loyauté ? C'est quoi ces conneries ? Et depuis quand tu es d'accord avec les bureaucrates, toi ? Tu connais cette phrase, Ben ? Qui sauve une seule vie sauve l'humanité tout entière. Tu deviens fou, toi aussi, comme nous tous. Tu vois, tu es des nôtres ! Je raccroche. N'essaye pas de me joindre. Envoie un SMS à Marta quand Maya sera avec la cousine. Écris simplement *OK*, on comprendra.

– Au revoir, mon frère…

– Au revoir, Ben… Et merci…

Tu es des nôtres, vient de dire Andrii. Ben regarde autour de lui, ces gens épuisés, entêtés, amoureux fous de la vie… Tu es des nôtres ? Rien n'est plus faux. Demain, dès que Maya aura quitté la maison d'accueil, il partira. Kyiv… Lviv… Medyka, la frontière avec la Pologne. Avec des Ukrainiens. Et sans être des leurs. Parce que lui ne perd rien. Parce que lui ne fuit pas. Lui, simplement, il rentre.

– Tu vas aller chez une dame tellement gentille, tu dormiras dans une chambre, dans un lit, avec le chat bien sûr, et en pyjama, et la cave tu n'y descendras que lorsque le ciel fera boum, et alors tu penseras à moi qui siffle mal, qui imite mal le chant des oiseaux mais qui pense à toi, très fort, au même moment.

– C'est tout ?

– Comment ça, « c'est tout » ?

– Tu ne lui dis pas combien de temps elle reste chez la cousine, ce qui va se passer après ?

– Non.

– Mais Ben ! Elle a trois ans, il faut lui dire autre chose.

– Iryna, je ne sais pas comment ça va se passer, ni combien de temps ça va durer et je ne lui ferai aucune promesse qui ne pourra pas être tenue.

– Alors je traduis seulement l'histoire de la chambre et du pyjama ?

– Et que je penserai à elle, oui.

– Aucune parole d'espoir ?

– Je n'en ai pas. Je ne sais pas où est l'espoir…

– Il y en a toujours un, sinon pourquoi l'as-tu amenée jusqu'ici ?

– Pour la cacher.

– Tu sais, pour décider que le malheur ne gagnera pas, il faut être obstiné, et orgueilleux, tu n'es pas assez orgueilleux.

– D'accord ! D'accord ! Dis-lui que Klara va bientôt la rejoindre, qu'elle reviendra, qu'ils reviendront tous, c'est une histoire de quelques mois, le temps que le monde s'offusque, que le monde ait honte, et que tous s'y mettent, les politiques, les militaires, les diplomates, les enquêteurs, les pays alliés et les pays ennemis, ceux qui parlent avec Poutine, ceux qui influencent, qui trafiquent diamants armes pétrole gaz, ça va aller ! Dis-lui ! Dis-lui bien que ça va aller !

Il s'éloigne, regarde par la fenêtre, la nuit dans laquelle il n'y a rien à voir. Iryna le rejoint.

– Tu pourrais parler moins vite ? Je n'ai pas tout compris...

Ils rient malgré eux.

– Mais ça avait l'air convaincant...

Maya écoute Iryna qui traduit les mots de Ben, assis à ses côtés : la vraie chambre, le pyjama, le petit chat, son panier, son collier, la cousine gentille et le foyer où elle retournera bientôt quand les autres enfants rentreront eux aussi. Elle est attentive et fixe Iryna sans réagir, quand c'est fini elle va écouter l'histoire du soir qu'une bénévole lit aux enfants, ensuite, comme eux elle se couche sans protester, reçoit le bisou du soir de Ben et s'endort sagement, son pouce dans la bouche et le petit chat contre elle. Au milieu de la nuit, elle pousse un cri aussi surprenant qu'une pierre jetée contre une vitre. Dans ce cri le prénom de Ben éclate. Lui est comme projeté contre Maya et il la serre dans ses bras, et il la berce, et la nuit se passe ainsi, à se tenir sans consolation.

Chaque jour elle apprend des choses nouvelles, et sans les comprendre elle les croit. Elle croit tout ce qu'on lui dit. Elle lève son visage vers les adultes, elle les écoute et elle essaye de retenir et d'obéir. Quand elle est fatiguée elle s'assoit par terre. Elle suce son pouce comme si elle s'embrassait elle-même, ça l'apaise. Quand elle se relève, elle voit des jambes, des trottoirs, des troncs d'arbres, des rez-de-chaussée, des herbes rases, et elle sait qu'il faut que ça cesse, il faut être grande, on l'encourage, on la félicite, Tu es grande ! Ce que ça veut dire exactement, elle ne le sait pas. Assise sur ses épaules à lui, elle voit aussi loin qu'eux, et ça lui fait peur. Alors elle lui donne des coups de talon, il court et le paysage devient une simple image, lui est un cheval et elle la princesse qui le fait avancer. Elle est bien, avec lui, dans l'histoire.

C'est un homme qui sait pleurer. Qui a appris à pleurer. Le plus souvent seul et par amour. Mais ce chagrin-là, il ne s'y attendait pas. Qu'est-ce qu'il croyait ? Qu'il serait épargné par ce déchirement ? Qu'il n'aimerait pas cette petite fille comme si elle était la sienne ? Qui prouve qu'elle n'est pas la sienne ? Les papiers sont faux, il lui a prêté son nom, il pourrait lui prêter son pays et sa paix, faire comme les autres… Décider qu'il prend un enfant pour le sauver, décider que c'est la meilleure chose à faire.

Elle aime s'observer dans le miroir quand elle rit quand elle pleure quand elle parle, et lui aussi elle aime l'observer quand elle est traversée par ces émotions. Dans ses yeux qui la regardent, elle se voit. Ils se ressemblent. Et il aimerait peut-être faire pareil, lui, pleurer rire parler sans la quitter des yeux, bleus et bleus ensemble. Elle n'a pas peur d'aller chez la cousine, elle a peur des chiens, des missiles et des caves, la cousine elle s'en fiche. Du moment qu'il vient avec elle.

Elle est comme un objet qu'on déplace, un animal qu'on bouscule. Qui lui donnera envie de grandir ? Qui s'émerveillera de sa présence ? On lui dit, Ne t'en fais pas elle trouvera, les enfants trouvent toujours. Mais elle, son imaginaire, sa fantaisie, son innocence à la merci du premier venu… Est-ce qu'il la confie à la première venue ? Est-ce qu'il se trompe ?

C'est quand elle voit qu'il ne la suit pas, qu'il reste là comme un idiot perdu dans la cour du centre pendant que la cousine l'emmène vers le parking, que Maya l'appelle. Elle l'appelle de plus en plus fort, mais lui garde les mains dans ses poches avec son regard de fou et ne bouge pas. Elle fiche des coups de pied dans les tibias de la cousine, lui dit des mots grossiers qu'elle ne savait pas connaître, Pute putain putain pute ! pour lui montrer qu'elle se trompe de petite fille, il faut qu'elle en prenne une autre, elle est une horrible méchante affreuse petite fille, mais la cousine ne la lâche pas, elles luttent toutes les deux, et un bénévole s'approche, et d'autres personnes du centre, tout le monde veut la calmer. Tout le monde veut l'aider. Sauf lui.

Il est bien. Le cœur vide. L'esprit au repos. Aucune oscillation. Aucun frémissement. C'est bon. L'angoisse qui diffusait sa douleur s'est calmée. Il a quitté le centre dès que la voiture de la cousine s'est éloignée, l'enfant installée avec son chat, quelques bonbons et une gourde d'eau

Reine des Neiges. Parfait. Il marche vers la gare. Libre. Sans responsabilités, mon Dieu comme c'est bon. Il lui semble que s'il levait les bras il s'envolerait. L'air est doux et chaud. Une sirène hurle soudain son long chant lancinant, il ne va pas aux abris, il ne peut pas être une cible, il existe si peu. Des enfants courent en hurlant, il détourne le regard. La ville est belle. Le fleuve l'enlace, s'élargit, se repose en elle. La terre tremble, le sol est fragile, il marche doucement. Face au fleuve, il ferme les yeux. Le soleil se pose sur ses paupières. Il respire l'odeur de la vase, écœurante et triste, il écoute l'eau claquer contre les berges et les cris des grands cormorans qui se fichent de la guerre. Il écrit à Marta : *OK*. Il envoie.

Il fait la queue devant la gare. Une multitude de couleurs, tous ces gens dans l'été qui vient. Valises. Paquets. Patience. Fatigue. Patience. Il attend le train dans lequel tous apparemment ne pourront pas monter mais personne ne s'en inquiète, c'est étrange. Il est français mais pour lui aussi ce train d'évacuation est gratuit, il a toutes les indications dans la poche, il n'y comprend rien, ni l'écriture, ni le nom des villes, ni les horaires, ni les quais indiqués, quelle importance ?

Il est habitué à ne pas comprendre quand on parle autour de lui. Quand il reconnaît un mot il le répète intérieurement et il l'aime. Quand on lui traduisait les récits, les témoignages, parfois il avait envie de se boucher les oreilles, malgré le besoin de savoir, ce mélange de sidération et de dégoût. Il se remémore des phrases entendues, comme on regarde sur son portable les photos du pays que l'on quitte. Il se souvient qu'on lui avait traduit, Avant la guerre j'avais jamais pris le bateau, j'étais un civil comme les autres j'avais jamais pris d'arme ni tué personne. Ils vont nous tuer, ils vont tuer tous les Ukrainiens qui ont accepté la nourriture des Russes. C'est pas un spectacle que le monde entier regarde et sur lequel il faut parier. Vous ne pouvez pas imaginer ce que l'on ressent quand on ne peut pas ramener le corps de son fils à la maison et l'enterrer.

Il fait tourner nerveusement l'anneau à son doigt. Il l'a remis depuis quelques jours, mais il fait chaud, ses mains ont gonflé et il ne retrouve pas la familiarité de ce geste. On avance un peu. Est-ce que ça veut dire que le train est en gare ? D'où il est, c'est impossible à voir. Les gens s'interrogent. Certains vont voir puis reprennent leur place dans la queue avec leur famille. Il est tout seul. Ça se remarque. Mais ça ne surprend pas. Rien ne surprend. Olena et Katia partiront demain, après encore une journée de repos à la maison d'accueil. C'est bien. C'est sage. Son téléphone vibre. Ce doit être Marta. Elle a dû recevoir son message. Mais cette vibration c'est comme si on le bousculait. Le sang arrive à son cœur à une vitesse désagréable, accompagné de petites vagues d'angoisse. Il se met sur la pointe des pieds pour regarder la file devant lui. Il fait le voyageur. Sans bagage, à peine un sac à dos, et tout seul mais préoccupé, comme les autres. Son portable est vivant dans sa poche. Il y a quelqu'un dans sa poche qui lui dit quelque chose. Il a soif. Un bébé dort dans les bras de sa mère, elle a posé sa main au-dessus de son front pour lui faire de l'ombre, quelle ferveur. On avance encore un peu. Ou peut-être qu'on se tasse. Il met la main dans sa poche et tient son téléphone, très fort. Il a envie de l'écraser. Comme un insecte. Marta a eu son texto, elle lui a sûrement écrit, *Bien reçu*. Ou, *OK*. *OK* sera le dernier message qu'il recevra ici, ensuite il n'existera plus pour eux et ils n'existeront plus pour lui. Il reprendra le cours de sa vie, eux essayeront de ne pas mourir. Leur président infatigable demandera de l'aide encore et encore, mais est-ce qu'il n'aura pas peur de fatiguer les autres à la longue, est-ce qu'à force on ne sentira pas une petite lassitude, pour ne pas dire un ras-le-bol de l'opinion internationale ? Il va lire le message de Marta. *OK*. Sûrement. Ou peut-être un émoji, pouce levé. Il est énervé à l'avance par cet accusé de réception. Il prend son téléphone et l'ouvre. Marta a écrit *Merci*. Il le lit deux fois. Comme si ça pouvait lui donner une petite ampleur. Il voit tous les messages qu'il n'a pas ouverts, qui viennent de France. Il y a un bourdonnement dans la file, une information circule, une femme se tourne vers lui et lui dit quelque chose, elle ne semble ni déçue ni en colère, l'info ne doit pas être trop décourageante, il hoche la tête en signe d'accord. Il se retourne pour regarder la file, impossible d'en voir la fin, il n'y aura pas un seul train ce n'est pas possible il y en a peut-être un chaque jour et les derniers arrivés vont attendre celui de demain, ils dormiront ici, est-ce que Katia et Olena sont déjà là, tout au bout de cette queue interminable ? Il pourrait les faire venir à côté de lui. Leur donner son tour. Leur donner sa place. Il prend la place de quelqu'un de bien plus… de bien plus pressé, de bien plus… concerné que lui…

sûrement. Il regarde l'écran de son portable, il a remis les applis des journaux en ligne, sa musique, et même la météo. Il a remis les réseaux sociaux qu'il n'a jamais aimés, rarement utilisés, mais qui sont nécessaires pour l'association, disent ceux qui travaillent avec lui. Les logos familiers lui signifient que c'est bien là qu'il retourne, une vie sur laquelle il a trois mois de retard. Il referme son téléphone. Il voit soudain le visage de Maya quand elle s'est retournée pour être sûre qu'il venait avec elle… C'était quand ? Il y a deux heures. Une heure. Non. Bien moins. C'était tout à l'heure. À l'instant. La panique dans les yeux de Maya. Le choc qu'il lui faisait en restant dans la cour… Il chantonne tout bas lèvres fermées poings serrés dans les poches. Une vieille femme s'évente, c'est étrange de penser à prendre un éventail quand on part en exil. Il aurait dû l'installer avec son chat, l'embrasser, la rassurer. Mais c'est passé c'est fini c'est passé. Il fait des petites flexions sur ses pointes de pieds, se balance d'avant en arrière, chantonne lèvres fermées, petit à petit l'oppression s'atténue. Deux petites filles font des scoubidous, leurs cheveux cachent leur visage, quand elles relèvent la tête elles ont l'air furieuses. Il a soif. Son tee-shirt se mouille. Son front aussi. Il ne chantonne plus et il ne bouge plus. Ça va mieux. Quel soulagement. Et dans le train cela s'apaisera encore, il y aura de l'indulgence dans ses souvenirs, un peu de tendresse et de remords, et puis il pensera à autre chose… à tout ce qui l'attend… Il est le seul ce matin à ne pas faire partie de la communauté, mais bientôt tout va s'inverser, ce seront eux les étrangers, après de longues heures de voyage ils deviendront ceux qui demandent.

Il faut beaucoup de patience pour attendre ce train si longtemps sans autre indication qu'un numéro de quai. Il faut beaucoup aimer la vie pour s'obstiner ainsi. Mais quand le train d'évacuation arrive enfin, dans un boucan énorme, une charge grinçante, on dirait qu'une célébrité entre en gare, une onde de joie nerveuse se propage parmi les passagers, une appréhension et un soulagement, mais personne ne court vers le quai, personne ne se rue. Ils partent mais ils reviendront. Demain. Après-demain. Bientôt. Et après le cauchemar renaîtra la joie. Et la gloire. Il touche la bague à son doigt, sous la peau qui enfle. Il y a une petite bousculade, difficile d'avancer sans heurter des valises ou des sacs, difficile d'avoir tous le même rythme et les mêmes muscles, le même calme, il laisse passer la personne derrière lui, Je vous en prie. Il n'aurait pas voulu prendre la place de ce vieil homme qui ressemble à quelqu'un qu'il ne connaît pas, le papy de Kostia, vieux lettré épuisé, Je vous en prie, il fait signe à un ado de passer, Je vous en prie, il le dit comme il dirait, Dépêchez-vous, mais personne n'a besoin de son autorisation, il est là au milieu d'eux, avec ses mots incompréhensibles et son visage en sueur, un pauvre type comme il y en a tant aux abords des gares, quand il se rend compte de ça il a tellement honte il sort de la file, va à l'abribus en face, s'assied sur le banc, ahuri. Qu'est-ce que je fais ? Mais qu'est-ce que je fais ?

Combien sont-ils ? Depuis l'abribus il les compte, c'est difficile, la queue se désintègre, la foule s'élargit, les gens vont sur le quai en se dispersant, il les regarde et il pense, Un de sauvé, Un de sauvé, Un de sauvé, et puis il y a ce bruit dans le ciel comme la menace d'un avion, il sursaute mais les voyageurs ne l'entendent pas ils avancent vers le quai combien sont déjà dans le train… cible idéale… civils dans les gares… cible idéale… civils sur les marchés dans les écoles les hôpitaux les enterrements les mariages les anniversaires la moindre pizzeria le moindre bistro… le moindre signe de vie chaque respiration… cible idéale. Rester en vie jusqu'au lendemain, c'est ça l'avenir. Et il sait que maintenant, dans ce train qui ne transporte pas des voyageurs mais des exilés, il a perdu sa place. Il est impossible de revenir au milieu de la queue, il faudrait se mettre tout au bout et espérer le prochain train. Il ne le fera pas. Il n'est pas assez menacé pour avoir leur courage.

Il prend son téléphone, le fait passer d'une main à l'autre, le manipule comme une balle anti-stress, le temps s'écoule ainsi, seconde après seconde, téléphone dans une main téléphone dans l'autre, seconde après seconde dans la chaleur de l'abribus. Il ne regarde plus les passagers mais il les entend, la beauté de cette langue qui roule, la force de son autorité, ce chant qu'il ne comprend pas. Il devine les mots des départs et de l'entraide… S'ils restaient en Ukraine, ces femmes leurs enfants leurs parents… combien seraient tués ? Mais ils partent, exportant leur tragédie sur nos terres calmes. Il ouvre son téléphone. Tous ces messages non lus. Et ces applis qu'il ne regardera pas. Il a écrit à Anna qu'il rentrait bientôt. Il l'a écrit à

Jimmy. Il ne peut plus reculer. Bon. Chacun son rythme. Un peu de patience mes amours un peu de patience ! L'image de Maya surgit furtivement, comme tout à l'heure, mais il ne veut plus la chasser il veut qu'elle reste, il ferme les yeux, se concentre, mais elle disparaît. Il se lève, marche un peu, quand il marche les pensées et les émotions affluent, il va lentement, tranquillement... mais son esprit reste vide, inhabité. Il est abruti par la soif, il boit sa bouteille d'eau d'un trait, s'en asperge le visage, l'eau fraîche lui donne un peu d'élan, il marche plus vite, il court presque maintenant, doucement, droit devant, et il sent qu'il s'apaise, son cœur bondissant et son corps assoupli, et enfin le visage de Maya revient, avec ses yeux qui rient quand elle se réveille et qu'elle voit qu'il est à ses côtés, avec ses mimiques outrées quand elle lui raconte une histoire qu'il ne comprend pas, avec sa tendresse affairée quand elle s'occupe du petit chat, elle est là, tout se remet en place, il a eu peur il doit bien se l'avouer, il a cru que rien n'avait eu lieu, mais Maya existe, leur voyage existe, et avant lui le foyer, Anton qui vérifiait sa photo sur l'arbre à bonheur, Klara qui écoutait sa musique les yeux éclatés de stupeur, Ivan qui dessinait la Pologne sans la connaître, Kostia qui guettait son papy, et Vadym aussi, déguisé en petite abeille, ils sont réels, avec leur innocence attentive, leur application à bien faire, leur crédulité... Ils sont présents. Mais où vivent-ils maintenant, et comment s'appellent-ils ? Il court plus vite, quelque chose l'oppresse, le brouillard d'une réalité atroce, « Deux mois après leur arrivée en Russie les enfants ont tellement changé c'est fantastique. » Cette salope de Bloody Mary, son sourire et sa blondeur dans le monde entier. « Ton pays t'a abandonné. Tes parents t'ont abandonné. Personne ne t'attend en Ukraine. Tu vas avoir une nouvelle famille. » Maria Lvova-Belova, un nom de romance pour une meurtrière sadique et glamour. Il augmente sa foulée, tournant toujours le dos à la gare à l'Europe à la France à tous ceux qu'il aime, Anna, Jimmy, et les jeunes majeurs qu'il délaisse depuis trois mois ; mais c'est aussi pour eux qu'il court il le sait, cette cohorte d'enfants silencieux, il court, il court au hasard et en toute confiance, comment pourrait-il se perdre dans un paysage perdu ? Il entend son propre souffle, il sent la sueur descendre le long de son dos, il sent l'odeur de sa peau qui transpire, il sent les aspérités du bitume défoncé, il est présent et vulnérable, et maintenant il comprend pourquoi il est venu ici. Il est venu ici pour vérifier qu'il était vivant.

Plus tard il fait halte sur un terrain vague, s'assied sous l'ombre chaude d'un arbre. Il est sorti de Zaporijia, la ville immense où se cache une petite fille. Cette tentation de retourner vers Maya a passé, car l'enfant n'a pas besoin de l'appeler pour qu'il soit là. Il l'est en permanence, et il le sera chaque jour et chaque nuit, il la protégera, il se le promet… Mais ce serment est hypocrite car la vérité, s'il la regarde en face, la vérité c'est que l'enfant est seule et qu'elle l'attend. La vérité c'est qu'il l'a conduite où on lui avait demandé de la conduire sans lui épargner la guerre et sans la consoler. Et il est là, avec ses serments inutiles et sa honte, se reposant sur ce qui n'est pas un terrain vague, mais un jardin, il voit maintenant le potager à l'abandon et la cage à lapins vide. C'est un jardin stérile qui ne peut pas le nourrir. C'est bien. Il ne veut pas être rassasié. Il ne veut plus aucun privilège, ça a assez duré, les privilèges. Venir ici à l'improviste et repartir quand il en a assez vu. Se balader dans l'enfer des autres en se désolant. C'est fini.

Il veut retirer ses chaussures. Elles sont usées, bousillées. Le sang des ampoules colle au tissu, il souffle un grand coup quand il se déchausse et tient fort ses pieds entre ses mains, la douleur lui pique le cœur, lui donne le vertige. Il ferme les yeux. Il entend le passage de voitures, de camions, et des sirènes lointaines. Il ne reconnaît aucun chant d'oiseau. Mais l'après-midi décline sa douceur et il lui semble que le paysage respire un peu. Lui-même se repose, dans cette solitude qu'il a toujours aimée et qui lui a manqué, il ne savait pas à quel point. Il retrouve enfin la lucidité de la solitude. Sa cruauté. Le monde s'est endormi, c'est une évidence, et seuls veillent ceux qui souffrent. Est-ce qu'il aurait pu consoler Maya ? Est-ce qu'elle était consolable ? Où sont-ils, les enfants qu'il aime et ceux qu'il ne connaîtra jamais, qui ne reviendront pas ? « Si tu veux vaincre l'ennemi, éduque ses enfants. » Qui a dit ça ? Impossible de se souvenir. Lui reviennent des discussions avec Sofia, avec Maksym, avec Marta, avec Andrii, ils parlaient ensemble à voix basse dans la pénombre, parlaient d'architecture, de technologies, de religions et de musiques, échangeaient des recettes de cuisine, des titres de livres… ou bien… était-ce avec ses amis en France ? De quoi parlaient-ils exactement, ici ? Il se souvient que même lorsqu'ils évitaient la guerre, toujours cela revenait. Les enfants. Les enfants disparus, transformés en soldats, en esclaves, en prisonniers, en orphelins, en Russes… L'absence de ces enfants comptera, ils manqueront au monde et le monde les regrettera, il le sait et cela le déchire. Personne ne s'en remettra. « Notre planète est le lieu idéal pour la vie. » Un scientifique avait dit ça, et aussi que des milliers d'autres planètes s'étaient éteintes parce que la vie n'y aurait pas été possible. Il se lève d'un seul mouvement, trop vite, la tête lui tourne, mais il veut en avoir le cœur net, il est temps de savoir il est temps de demander, puisque nous vivons tous ensemble dans le lieu idéal, dans ce monde-là, dites-moi : où sont les enfants ?

Il tend le pouce, marche de biais en faisant du stop, pieds nus sur le bitume trop chaud, il sautille, reçoit une giclée d'air quand un véhicule le dépasse, et soudain il se souvient, c'est étonnant de se souvenir si clairement de quelque chose qu'on ne pensait pas savoir, de quelque chose d'absolument impossible à retenir et pourtant : *3 rue Teploenerhetykiv*, ça s'inscrit en toutes lettres devant lui, il voit le numéro et le nom imprononçable de cette rue de Kherson, il se souvient, on entendait les cris quand on passait devant. Quand Roman lui en avait parlé, ce jour où ils s'étaient disputés parce que Ben avait secouru un manifestant, il n'avait rien répondu pourtant il savait, tout le monde savait, le moindre client de la petite supérette qui faisait l'angle, le moindre passant, la moindre personne promenant son chien sur ce trottoir entendait ce qui se passait. Les hurlements des hommes torturés. Des femmes. Et aussi… et aussi… On lui a dit, qu'il y avait des petits matelas, des cellules avec des petits matelas au sol… Oh mon Dieu… Son souffle se bloque. Son cerveau se bloque. Il est dans le no man's land de son esprit. De son corps. Il gueule, fort, comme un crachat puissant : non ! Un cri muet étouffé en lui, et la douleur bouillonne, vivante et déchaînée, maintenant il veut savoir dans quelle humanité il vit, et il marche en direction de Kherson, il le comprend aux panneaux indicateurs, c'est incroyable, spontanément il a suivi la bonne route, comme s'il avait un guide, Kherson, 3 rue Teploenerhetykiv. Il se souvient. Et d'autres numéros et d'autres rues et d'autres chambres de torture et le quartier général de la police russe que les habitants appellent la Kommandantur et l'aéroport qui ne mène nulle part… Il se souvient de Pavlo désignant ses membres abîmés et lui disant, Je frémis chaque fois que je passe devant. Ils étaient passés devant, après être sortis de Kherson. Il revoit les lettres de l'enseigne, immenses et effondrées, soufflées par les bombardements. J'y ai été emprisonné. Torturé. Comme beaucoup. Ben avait eu peur que les enfants entendent, mais ils dormaient à ce moment-là, c'était peut-être pire, une information reçue à leur insu, et Pavlo avait dit, Au début on nous gardait au sous-sol, après il n'y avait plus de place alors on a creusé des trous, et on nous a mis dedans.

Il va plus vite, lançant de grandes enjambées, le corps tendu, sec comme une corde. Il ne peut plus regarder cette guerre de loin avec autant de patience, il ne peut plus ne pas s'en mêler. Il va falloir s'expliquer, et maintenant, les questions, c'est lui qui va les poser. « D'où venez-vous, où allez-vous et pourquoi ? Papiers. *Dokumenty*. Ordonnances », c'est lui qui va le demander. Ils lui ont mis un sac sur la tête. Kostia avait besoin d'insuline et eux l'ont enfermé. Un sac sur la tête. Les enfants avaient faim. Et lui, des heures durant, des heures perdues, loin d'eux. Au nom de quoi ? Il a eu mal et il a eu peur, il se souvient, son poignet tremblait quand il avait regardé sa montre, c'est fini. Il ne tremble plus. Il y va. Ce n'est pas une vengeance, la vengeance est interminable, ce n'est pas de la haine, depuis quand aurait-il besoin de haine pour défendre ceux qu'il aime ? C'est la recherche de la vérité. Voilà. La vérité. Leur ennemie. Alors, dites-moi : où sont les enfants ?

Une voiture s'arrête à sa hauteur. Il a toujours aimé ça, monter au hasard dans des bus, des voitures, et assis à côté de cet homme taiseux, il sent comme son corps est crispé, mais son esprit fonctionne à cent pour cent, on dirait même qu'on a lâché les chiens là-dedans, on a libéré le courage et il s'en veut d'avoir été jusqu'ici si raisonnable et si sage, car où l'a mené sa prudence ? Nulle part. Maintenant il va demander des comptes : que faites-vous aux enfants ? Que deviennent les enfants que vous enlevez, qui n'existent pas pour vous, dont seul le nombre vous importe, la comptabilité de leurs vies, la possibilité de les additionner à la démographie russe, pour qu'en bons citoyens ils puissent à leur tour enfanter et tuer. Enfanter des tueurs. Toute vie déviée, atrocement manipulée.

– À votre avis, quelle forme a le monde quand il éclate ?

Le conducteur lui fait signe qu'il ne comprend pas sa langue.

– Je veux dire, quand plus rien ne se ressemble, ni ce qu'on avait bâti ni ce qu'on avait projeté ? Quand on ne peut plus rien reconnaître ? Bientôt, à ce rythme-là on sera perdus, plus aucun repère, sortis de notre axe, désorientés. Les hommes de mon temps… de notre temps pardon, sont des pirates, des mercenaires et des voyous. Avec eux l'avenir n'a plus aucune forme, plus aucune possibilité.

L'homme allume la radio, Bob Marley grésille, Ben pose son bras sur la vitre baissée, il offre son visage à la brise chaude, et il voit dans le rétroviseur le cheval blanc qui les suit, sa robe est trempée, peut-être a-t-il traversé le fleuve, peut-être vient-il des positions ennemies, il a un petit galop très cadencé et sa crinière flotte, ce rythme, cette élégance, comme c'est beau… Jimmy pense à lui, il est avec lui et quelle merveille, l'esprit de la paix sur cette route meurtrière, ce galop blanc dans ce pays en sang !

Le chauffeur se gare sur le bas-côté, se penche par-dessus Ben, lui ouvre la portière et lui fait signe de descendre. Il le remercie et s'excuse il lui arrive de parler tout seul il a besoin souvent de parler français.

C'est étourdissant de changer de rythme, de passer ainsi du repos à la marche, et il lui faut un peu de temps pour retrouver une régularité, il a le soleil en face, quand il plisse les yeux le paysage se fragmente, il s'éloigne de la route, quelques pas de côté pour marcher sur l'herbe de la plaine, il se sent si léger, s'il marchait sur une mine la mine n'exploserait pas et de toute façon ce risque-là il l'accepte, il veut apprendre l'absence de peur comme on apprend la force, il doit être fort pour ne pas trahir les enfants, et briser le silence des bourreaux. Le vent se lève, il frémit dans les oliviers de Bohême, les herbes se courbent, les nuages s'enlacent et le ciel secoue son atroce léthargie, enfin il se soulève ! Sans doute va-t-il se défendre enfin ! Ben sent le vent sous sa chemise, sur son visage, ses cheveux, il marche avec ce vent généreux, il marche enlacé, il marche protégé, vers la meute, les soldats ennemis. Il pense à celui qui a menacé Maya, il pense à celui qui a craché sur son tatouage, il pense à celui qui l'a giflé pendant l'interrogatoire, il pense à celui qui disait sur TikTok, Les gars, avancer avec un char c'est comme un jeu vidéo mais dans le jeu les gars, la maison sur laquelle on tire on la voit pas s'écrouler, là tu vois tout, c'est cool. Il pense à celui qui a dit pardon à Maya, celui-là ne tiendra pas longtemps, celui-là peut-être est-il déjà mort. Mais les autres, comment peuvent-ils vivre après la guerre ? Comment peuvent-ils s'en souvenir ?

Il avance dans le vent, les herbes vivantes sous ses pieds nus, l'odeur chaude des chicorées amères et des immortelles, il est bien maintenant, et il pense à Anna, la merveille que c'est d'être avec elle, de tenir son visage dans ses mains et de l'embrasser, ses lèvres unies aux siennes, sa langue pénétrant sa bouche, son souffle délivré, et le monde autour d'eux qui disparaît, oh quel mystère, quel délice, l'intimité de l'autre et tout ce que l'on ose quand on le désire, cette grâce infiniment impudique, c'est une folie vraiment, ce don de l'amour, une extravagance rare, il pense à Anna et il frémit d'amour pour elle, et il sait qu'elle est là puisque son cœur est prêt à éclater, puisque chaque parcelle de son corps se souvient d'elle, puisque tout est si beau, et il entend de nouveau les oiseaux, on dit que la guerre les a désorientés, que les sols sont contaminés que les forêts ont brûlé que les mers sont souillées, mais c'est faux puisqu'il entend les oiseaux migrateurs et les oiseaux des mers, et il pourrait entendre le passage des papillons et les ailes des abeilles si le vent ne soufflait pas si fort, la beauté vient de partout, de la terre et du ciel, il pense au message d'Anna, danser ensemble séparés, il ne l'a pas fait, pardon mon amour pardon, mais est-ce que ce n'est pas une danse marcher ainsi ensemble sous la brise chaude, sans soif ni douleur, le corps respirant transpirant comme dans l'étreinte, la peau à vif prête à succomber ? Lui pardonnera-t-elle son absence ? A-t-elle compris, derrière les messages prudents, la tragédie dont il était le témoin ? Il n'a rien dit. Ni à elle, ni à son frère, ni à ses amis, à personne. Il n'a averti personne, il est resté silencieux et soumis à la loi de l'ennemi. Mais maintenant, c'est une évidence. Il va leur dire. Il *doit* leur dire. Il ignore si on l'entendra, si les hommes en paix veulent réellement savoir, si sa parole vaudra quelque chose. Mais quand il prend son téléphone, il sent la puissance de cette minuscule machine, l'écho qu'elle pourrait donner à sa parole, pour la première fois il en mesure la portée. Il va envoyer un message vocal à Anna, et elle le transmettra au plus grand nombre, il le sait, elle sera la messagère, comme elle l'est depuis le premier jour :

– C'est moi. C'est Ben. Je vous parle d'un pays en guerre, l'Ukraine, et parce que cette guerre vous concerne tous, directement, vous devez savoir cette chose : pour Poutine, le territoire, c'est l'enfant. C'est l'enfant que l'envahisseur prend et qu'il s'approprie, c'est l'enfant qu'il rééduque et qu'il transforme. On est tous habitués au mal bien sûr, on le connaît, on vit avec, mais croyez-moi, si nous laissons faire ce mal-là, ce mal absolu : l'enfant comme territoire, alors nous ne pourrons plus vivre, vivre vraiment, en humains, le monde n'aura plus rien à voir avec nous, plus rien à foutre de nos théories, de nos croyances, parce que pendant que nous avons des points de vue et des opinions, les enfants sont déportés ! C'est ça, la vérité, c'est ça le mot, déportation, ce mot ancien, terrifiant, déportation, écoutez-le et regardez le crime en face ! Il n'y a pas de flou à la guerre, le flou de la guerre c'est de l'enfumage, qui veut voir la guerre la voit très bien, et vous la regardez et vous la lisez, et vous les avez vus, par bus entiers, par avions entiers, ces dizaines, ces centaines, ces milliers d'enfants volés, mais maintenant nous devons demander : où sont-ils ? À cette heure précise où je vous parle, où sont-ils ? Et regardez en bas de chez vous aussi, ces enfants qui sont virés, expulsés de notre société, baissez les yeux et regardez-les. Vous ne le savez peut-être pas mais sans ces enfants, tous ces enfants, en Ukraine, en France, et dans chaque pays attaqué, sans les enfants nous ne pourrons plus vivre, nous ne pourrons plus nous réjouir ni seulement sourire au-dessus des berceaux sans voir leur ombre terrible, et les cris de nos nouveau-nés auront leurs voix, leurs pleurs porteront leur chagrin et leur mémoire leur mémoire ! Ce sera gravé, inscrit en chacun de nous croyez-moi ! Je le sais ! Nous ne nous en sortirons pas, personne ne s'en sortira ! Alors, avant qu'il ne soit trop tard, demandez ! Rassemblez-vous et demandez ! Hurlez pour cela ! Hurlez maintenant, si vous voulez avoir un jour une chance d'aimer vos propres enfants, une chance d'être aimés par eux, si vous ne voulez pas payer votre tranquillité par des siècles de tourmentes, de folies mentales, de violences aveugles et d'âmes mortes ! Les enfants sont nés pour vivre après nous, pour marcher sur nos terres, pour engendrer notre avenir. Mais où sont-ils ? Où sont les enfants sans famille ? Et où sont les enfants déportés d'Ukraine ? Demandez-le. À tous les responsables, demandez-le. Exigez la réponse. N'arrêtez jamais. Demandez et demandez encore, demandez toujours, si vous ne voulez pas périr dans la honte, dans le parjure, et participer au crime, demandez : Où sont les enfants ?

Il stoppe l'enregistrement, bouleversé comme s'il avait parlé devant une foule à conquérir, des hommes et des femmes engourdis d'indifférence. Il ne veut pas que son message les émeuve. Il veut un ravage à la hauteur du scandale. Que son message les abîme, les écœure, les blesse à jamais, que ces enfants les hantent jusque dans la tombe. Quand il reprend sa marche contre le vent, tout a le bruit entêtant de la nature secouée sans répit, ça résonne dans son crâne, il est envahi par cette tempête qui s'annonce et il a l'impression de remonter le courant, d'aller là où on l'empêche d'aller, et il marche contre ces entraves, avec une obstination infatigable.

Le soir descend doucement, comme une main qui se pose à peine sur ses yeux, il avance toujours, mécaniquement, un pas après l'autre, obéissant à un ordre inévitable, une promesse faite à lui-même, pour sa propre liberté. Savoir. Pour continuer à vivre. Savoir. Sans échappatoire. Sans divertissement. Savoir. La démesure de l'horreur.

Il fait presque nuit quand il aperçoit le checkpoint, c'est l'heure qu'il n'aime pas, entre chien et loup, l'heure de l'incertitude et des frayeurs anciennes. Et la lumière qui déserte lui rend son lot d'appréhensions. Mais il a enfin atteint son but. Et c'est dans un état solennel d'angoisse et de soulagement qu'il se présente aux soldats.

Ils lui ont pris son passeport de force, il refusait de le présenter, il était retors, presque agressif. Au début ça les avait surpris, ce charabia incompréhensible balancé avec assurance, ils gardaient la main sur leur fusil, histoire de rappeler à cet étranger efféminé les règles du jeu, espérant que ça le calme un peu, mais ça ne l'avait pas calmé, il les défiait, ils n'avaient jamais vu ça même avec les plus alcoolisés des clodos, mais lui n'avait pas bu, et jusqu'à ce qu'ils comprennent sa question, ils avaient plutôt trouvé ce pauvre gars amusant. Quand il leur avait demandé : *Dej dity ?* ils n'avaient pas répondu, ils ne répondaient jamais quand on les provoquait en parlant ukrainien. Mais quand ensuite il leur avait demandé dans leur langue : *Gdé jai déti ?*, ça les avait stupéfiés. La question en elle-même n'avait aucune importance, ils ne savaient pas de quels enfants il parlait, s'il s'était perdu, s'il devait les rejoindre quelque part, ce qui importait c'était que ce type leur avait fait croire qu'il ne les comprenait pas alors qu'il parlait russe. Ils avaient vérifié ses papiers et ils avaient appris qu'il n'était pas fou du tout. C'était une espèce d'humanitaire qui trafiquait des médicaments, et qui était fiché.

Le camion l'a amené il ne sait où. Il est monté à l'arrière les yeux bandés et menotté. Ça sentait le gasoil et le vomi. Il pensait à la beauté de la plaine qu'il avait traversée et qui demeurait proche même quand ils s'éloignaient, même quand les bruits de la ville se mêlaient au froid de la nuit, et il ne l'oubliait pas. Quand il est descendu du camion il tremblait, sa peur revenait, car il savait que son corps n'était déjà plus à lui, qu'il appartenait aux soldats.

Il ne voyait pas leurs visages. Il ignorait où il était. Mais il ne voulait pas plier devant cette ultime déformation du monde. Il voulait la liberté, celle qu'il lui restait, la liberté de résister, et à leurs questions il ne répondait que par la sienne, *Gdé jai déti ?* Et il lui semblait que tant qu'il la posait il ne se trahissait pas, et ainsi il pouvait encore savoir qui il était.

Il savait ce qu'on faisait aux ennemis de la Russie. Mais il n'en avait aucune connaissance réelle. Maintenant son corps était semblable à celui de tous les prisonniers, par son supplice les soldats atteindraient son esprit, la même méthode, la même connaissance technique de ce qui menait un homme à la folie, faisait de lui un suppliant à bout de souffle et de résistance.

Il arrivait qu'ils le laissent seul un moment. Seul, il luttait encore. Il savait qu'il ne devait ni s'évanouir, ni s'endormir. Mais il lui était difficile de rester lucide, il était accaparé par la souffrance, comme englouti par elle. Il se raccrochait à sa question, elle valait pour tous les enfants enlevés et rééduqués, de tous les continents et de tous les temps et il sut qu'il devait la poser dans sa langue, qui était la dernière chose connue, la dernière chose qui lui appartenait. Où sont les enfants ? Tous les soldats comprendraient. Même si, maintenant il le savait, aucun ne répondrait.

Ils s'acharnaient. Ils se fatiguaient. Ils faisaient des pauses. Et puis ils recommençaient. Lui ne pouvait plus parler et il se répétait à lui-même sa question, mais il se sentait dériver, s'abandonner lui-même, il ne supportait plus d'entendre ses propres cris, la surprise effarée que lui faisait la douleur. Son corps lançait ses propres feux, à l'intérieur de lui et hors de lui, et il n'était plus unique, mais plusieurs, fragmentés, démultipliés, des corps éclatés contre les murs, vautrés sur le sol, et soudain il a compris, aux carreaux froids et réguliers de ce sol, qu'il n'était pas dans une prison, mais dans un bureau. Une école peut-être. Il a lutté contre cette pensée comme on lutte contre la noyade, à grands sursauts, à contre-courant, et cela l'a épuisé. Alors il a senti que son esprit le quittait tout à fait et qu'il ne pouvait rien y faire, il n'était plus capable de parler, plus capable de poser sa question. Même à lui-même.

Peut-être s'est-il endormi, peut-être lui a-t-on laissé un répit. Peut-être le travail n'était-il pas fini. Mais la nuit a vécu, et il a vécu avec elle. Au petit matin un soldat s'est approché. Quand il s'est accroupi à sa hauteur, Ben a senti la masse de son corps, son odeur de bière et de linge sale. Il lui a semblé qu'il parlait français, mais ses oreilles battaient comme un cœur déchaîné, et il entendait mal. Quand le soldat a posé le canon de son pistolet sur sa tempe, il a senti sa froideur :

– Quel est ton dernier mot ?

C'était donc ça, la réponse à sa question, une autre question, qu'il n'avait jamais entendue. La mort venait à lui. La mort était en lui, prête à éclater. Que resterait-il de lui ? Est-ce qu'on le reconnaîtrait à sa bague, à son tatouage ? Est-ce qu'on viendrait le chercher jusqu'ici ? Il ne voulait pas qu'on vienne, il ne voulait pas que ceux qu'il aimait voient ça. Comme il était devenu vieux. Comme il était devenu laid. Il voulait leur épargner sa souffrance. Mais ils sont venus. Il a senti leur présence comme une eau claire, une pureté apparue dans le sang la supplication et la merde. Ils n'ont pas reculé devant son martyre. Léa, Jimmy, Anna, Maya. Ils sont venus, ils l'ont regardé et ils l'ont reconnu. Il était un fils, il était un frère, il était un homme. Il lui a semblé que le voyage était très long, très obscur, qui le ramenait lentement de l'inconscience à la conscience, de l'abandon à la volonté, il ne savait pas s'il pourrait encore parler et répondre au soldat. Mais eux se tenaient là, sa mère, son frère, son amour, et la petite fille. Toute sa vie. Alors il a vu leurs visages. Leurs regards dans le sien. Et il lui a semblé qu'il se soulevait. Que quelque chose en lui renaissait. Il a vu les plages sur lesquelles il s'était endormi, les arbres sous lesquels il s'était couché, les nuits de veille à la belle étoile, il a pensé aux luttes, aux révoltes, aux solitudes, à toutes ses peurs surmontées, à ses maladresses et à ses engouements, il a pensé aux enfants qu'il avait eu la chance de connaître, il a pensé à la grâce de deux vies ensemble, il a pensé qu'il voulait voir encore la beauté de la nature, et le courage des hommes. Et la tendresse. Il avait envie de sentir leur vie contre la sienne. Aimer et être aimé. Pour la deuxième fois, le soldat a posé sa question :

– Quel est ton dernier mot ?

Et il a répondu :

– Vivre.

REMERCIEMENTS

Merci à mon éditrice Véronique Ovaldé et à mon agent François Samuelson d'avoir été à mes côtés.

Merci à Bérénice Dinh, à Marianne Babich, à Gallagher Fenwick et à Gautier Arnaud-Melchiorre pour leur présence, leurs témoignages et leur confiance.

Merci à Philomène Remy, à Aline Le Bail-Kremer, à Jade Daniele et à Charlène Lafitte, d'avoir accepté de me rencontrer.

Et merci à mes proches pour leur soutien durant ces deux années d'écriture : Odile, Julia, Aurélien, Christian, Anne, Philippe, Valérie, Andrea et Karine.

DE LA MÊME AUTRICE

Romans

BORD DE MER, Actes Sud, 2001.
NUMÉRO SIX, Actes Sud, 2002.
UN SI BEL AVENIR, Actes Sud, 2004.
LA PLUIE NE CHANGE RIEN AU DÉSIR, Grasset, 2005.
SA PASSION, Grasset, 2007.
LA PROMENADE DES RUSSES, Grasset, 2008.
LE PREMIER AMOUR, Grasset, 2010.
CET ÉTÉ-LÀ, Grasset, 2011.
NOUS ÉTIONS FAITS POUR ÊTRE HEUREUX, Albin Michel, 2012.
LA NUIT EN VÉRITÉ, Albin Michel, 2013.
J'AIMAIS MIEUX QUAND C'ÉTAIT TOI, Albin Michel, 2015.
BAKHITA, Albin Michel, 2017.
LES ÉVASIONS PARTICULIÈRES, 2020.
LE GOSSE, Albin Michel, 2022.

Nouvelles

PRIVÉE, Éditions de l'Arche, 1998.
LA PETITE FILLE AUX ALLUMETTES, Stock, 2004.

Théâtre

LE PASSAGE, Éditions de l'Arche, 1996.
CHAOS DEBOUT, LES NUITS SANS LUNE, Éditions de l'Arche, 1997.
POINT À LA LIGNE, LA JOUISSANCE DU SCORPION, Éditions de l'Arche, 1997.
LE JARDIN DES APPARENCES, Actes Sud-Papiers, 2000.
MATHILDE, Actes Sud-Papiers, 2001 et 2003.
JE NOUS AIME BEAUCOUP, Grasset, 2006.
UNE SÉPARATION, Triartis, 2009, Albin Michel, 2013.
DES BAISERS, PARDON, Avant-scène, 2014.
UN AUTRE QUE MOI, Albin Michel, 2016.

Composition IGS-CP
Impression CPI Bussière en mai 2024
Éditions Albin Michel
22, rue Huyghens, 75014 Paris
www.albin-michel.fr
ISBN : 978-2-226-48086-6
N° d'édition : 25299/01 – N° d'impression : 2077410
Dépôt légal : août 2024
Imprimé en France